앞으로 걸어갈 모든 나선들이
건강하 행복한 앞찬 가능하길..

너를 위한 삼월

박서함 포토 에세이

너를 위한 삼월

박서함

포토 에세이

김영사

추천의 글

좋아하는 것을 좋아한다고 말하는 건 생각보다 쉬운 일이 아니다. 왜곡된 시선으로 취향을 곧 자아라고 생각하는 경우가 종종 있어 괜히 남들이 이상하게 보지는 않을까 두렵기 때문이다.

그러나 박서함은 거리낌 없이 자신이 좋아하는 것을 나열한다. 숫자와 디지몬, 존경하는 스승님과 계절의 향기까지…. 그것들이 귀엽고 어쩐지 따듯한 마음이 들어 덩달아 나도 좋아하는 것을 이야기하고 싶은 용기가 샘솟는다.

박서함은 "여러분, 솔직하게 표현해 보세요"와 같은 상투적인 메시지를 건네지 않는다. 그저 과장과 미화 없이 자신을 이야기하며 마음의 울림을 준다. 나는 그의 문장들과 그의 연기가 닮은 구석이 있네-라는 생각이 들었다. 그리고 울림을 주는 그만의 표현 방식이 좋다고- 용기 내어 말해본다.

책 속엔 그가 좋아하는 것뿐만 아니라 느끼고 있는 불안, 두려움, 그리고 그것들을 이겨내고자 스스로에게 하는 다짐들이 담겨 있다. 그리고 그 모든 것은 사랑으로 귀결된다.

사랑하고, 사랑해 주는 누군가를 위해 그는 끊임없이 느끼고, 사유하고, 세상을 포착한다.

무용하고 아름다운 것들을 놓치지 않는 작가의 다정한 시선을 독자들도 마음껏 좋아하기를 바란다.

박서함의 궁극체를 응원하며….

김수정_감독

솔직함이 가장 큰 매력이자 무기임을 아는 사람. 배우 박서함이 궁금해 이 책을 집어 든 누구든 마지막 페이지를 덮을 즈음 인간 박서함과 한층 가까워져 있을 것이다. 행운의 세 발자국 정도. 그리고 그의 용감함에 새삼 반할 것이다. 이토록 친밀하고 사적인 일기장이라니…! 길가의 고양이에게도 따뜻한 시선을 던지는 비밀 사진첩은 덤이다. 그러니 즐거운 설렘을 기대하며 이 책을 펼쳐도 좋다. 성장과 사랑을 발판 삼아 행복으로 나아갈 박서함의 내일을 응원하며. 기꺼이 함께할 당신께 고하니, 삼월, 박서함과 사랑에 빠질 시간이다.

제이선_작가

서함은 포토 에세이를 쓰게 되어 기쁘다면서, "대표님의 에세이《남자, 친구》보다는 잘되도록 하겠습니다"라고 말했다. 나와 질적으로 다른 외모를 타고나서 자신감도 넘치는구나 싶었다. 하긴 내 책은 흥행에 실패했으니 서함이 자신감을 가질 만도 하겠지. 그런데, 그는 더 나아가 "책이 나오면 대표님이 꼭 추천사를 써주세요"라고 말했다. 나를 이기겠다고 말하는 사람을 위해 응원까지 하라고? 나는 끝까지 그에게 'yes'란 대답을 하지 않았다.

며칠 전, 책이 나온다며 추천사를 써달라고 연락이 왔다. 농담이 아니었단 말인가. 책을 읽어보니, 지난 1년 반 동안 느꼈던 그의 매력이 글 안에 고스란히 잘 묻어 있었다. 인생이 준 생채기가 많은 편인데도 밝고 건강하고, 솔직하면서도 따뜻한, 그리고 순진하지는 않지만 순수한 그의 매력이. 사진도 참 좋았다. 여기에 잘생긴 자기 얼굴까지 넣다니(이건 반칙 아닌가). 한동안 나를 만날때마다 승자의 표정을 지으며 으스댈 그의 모습이 눈에 선하다. 30년 뒤에 나올 그의 다음 책도 기대된다. 　　　　표종록_앤피오엔터테인먼트 대표이 세상에서 가장 재미있는 일은 남의 일기장을 훔쳐보는 거다.

서정적이면서도 소년의 감성으로 진솔하고 화려하지 않은 필체로 써 내려간 이 책은 박서함의 일기장을 몰래 열어본 느낌이다.

류승수_배우

남는 건 사진뿐이라는 말을 많이 하기도 하고, 듣기도 하셨을 겁니다. 그 당시에는 무슨 의미인지 이해가 잘 안 될 수도 있는 거 같아요. 하지만 시간이 지나고 나서 사진을 보면 그때 당시 무엇을 봤고 느꼈는지 새록새록 떠오르는 거 같아요. 형도 그 말을 자주 하곤 합니다.

그런 생각을 가지고 사진을 찍어서 그런지 형의 사진과 이야기를 보고 있으면 같이 있지 않았어도 그때의 상황이 잘 그려지는 거 같아요. 또 그걸 밝게 웃고 즐기며, 행복하게 찍고 있는 형의 모습도 보일 겁니다. 그 모든 것을 상상하며 책을 읽고 있으면 찍을 때 어떠한 생각과 기분을 가졌는지 느껴져요.

꾸밈없는 이야기와 따스한 사진을 함께 보면 그 감정을 극대화시켜 주는 거 같아요. 《너를 위한 삼월》을 보시는, 그리고 앞으로 보실 많은 독자분들도 그걸 느끼셨으면 좋겠습니다. 배현성_배우

일러두기

– 이 책은 저자 특유의 말맛을 살리기 위해 저자의 원문을 최대한 따랐습니다.
– TV 시리즈·영화명·곡명 등은 〈 〉, 책 제목은 《 》로 묶었습니다.
– 저자의 모습이 담긴 사진 외 본문에 수록된 사진은 모두 저자가 직접 촬영한 것입니다.
– 아래 페이지 표기된 저자의 모습은 장재명 사진 작가 및 저자의 지인이 촬영했습니다.
• 장재명 : p.53, 54, 79, 96, 97, 126, 128, 135, 136, 185, 189, 190, 191, 202, 203, 206
• 전혜진 : p.27, 28, 33, 91, 92, 93, 105, 175, 209, 212(상), 213
• 정재영 : p.59, 67, 68
• 청　명 : p.168, 169, 170, 171
• 김성미 : p.215, 216

글을 쓰게 되었다. 처음 에세이 제안을 받았을 땐 마냥 신나고 즐겁기만 했었다. 그래서 소속사 이사님의 연락에 조금의 고민도 없이 들뜬 목소리로 "할래요! 해볼게요!"라고 자신 있게 대답했다. 그때는 기쁜 마음으로 수락했지만 사실 난 새로운 도전을 즐기는 편도 아닌 데다가 가끔은 일어나지도 않은 일들을 사서 걱정하는 타입이다. 걱정도 많고, 겁도 많고, 두려움까지 많은 사람. 그게 바로 나, 박서함이다. 그런데 그런 내가 글을 쓰게 되다니?

〈짱구는 못말려〉란 만화를 보면, 이슬이 아버지 캐릭터가 등장한다. 이슬이 아버지는 소설가로 그의 에피소드를 보면 출판사 편집자가 매일 집으로 찾아와 원고를 달라고 재촉하는 모습이 나온다. 역시나 일어나지도 않은 일들을 사서 걱정하는 박서함답게 '혹시 나도 그렇게 되는 걸까?' 하는 엉뚱한 생각들과 기대감 그리고 걱정들이 점점 들끓기 시작했다.

　과거의 나는 대체 무슨 자신감으로 책 제안을 바로 승낙했던 걸까? 어떻게 나라는 사람한테 그런 자신감이 나왔던 걸까? 스스로에 대한 의구심이 가득 찰 무렵, 출판사와 미팅을 하게 되었다. 출판사에서 처음 제안했던 방향은 내가 촬영한 사진 위주에 약간의 글을 더한 포토 에세이 형식이었다. 편집자님과 책에 관해 구체적인 대화를 나누다 보니 막연한 걱정은 사라지고 어느새 설렘과 떨림만 남아 있었다. 그렇게 나는 어느새… 이슬이 아버지로 진화했다.

　그동안 찍어둔 사진들을 책을 통해서 선보일 수 있다니?! 당장이라도 집으로 달려가 글을 쓰고 싶은 마음에 손이 근질거리기 시작했다. 끓다 못해 넘친 나의 열정과 자신감은 이미 양념과 조미료가 되어 한데 무쳐지기 시작했다. 그러다 보니 이왕 책을 쓰는 데 나만의 정성을 더 담고 싶어졌다. 물론 글의 분량이 꼭 정성의 기준은 절대 아니지만 '나만의 진솔한 이야기를 조금 더 많이 들려드리면 팬분들이 훨씬 더 좋아하시지 않을까?'라는 생각이 들었다.

　그렇게 나는 한껏 버무려진 열정을 담아 편집자님께 글의 비중을 더 늘리고 싶다고 자신 있게 말씀드렸고, 편집자님은 흔쾌히 너무 좋지만 괜찮으시겠냐고 내게 물으셨다. 그때 그 걱정스러운 말투와 상반된 입꼬리가 나를 정말 이슬이 아버지로 만들 것이라는 걸… 그땐 전혀 몰랐다. 그렇게 나의 책은 약간의 글귀에서 원고로 초진화해 버렸고 정확히 그 다음날 나는 후회했다.

시간을 되돌릴 수만 있다면 그때로 되돌아가 편집자님의 괜찮으시겠냐는 물음에 "안 괜찮죠"라고 답하고 싶었다. 막상 쓰려고 보니 '무슨 이야기를 쓰지?', '어디서부터 어디까지 써야 하지?', '맞춤법이 틀리진 않았나?' 등의 생각들이 머릿속을 가득 채우기 시작했다.

처음 글쓰기를 시작하던 날, 키보드를 두드리고 있는 나 자신이 누구보다 스마트해 보였고 자신감은 차오르다 못해 폭발했었다. 하지만 점점 본능적으로 이상함을 느끼기 시작했다. 이상하게 글이 두 줄 이상 넘어가지 못하는 거다. 5분 전까지 현란하게 글을 작성하던 나의 손가락들은 점점 키보드를 멀리하더니 마침내 거부하기 시작했고, 눈은 점점 뻑뻑해져 모니터 보는 것도 힘들어졌다.

그렇게 꾸역꾸역 뷔페에 가서 배부르지만 오기로 먹는단 느낌으로 글쓰기를 시작한 지 30분 만에 나는 컨디션 난조인 것 같다는 핑계를 대기 시작했다. 머릿속으로 어떤 이야기들과 사진들을 실으면 좋을지 생각하겠다며 핑계를 대고는 노트북을 덮고 포근한 나의 안식처인 침대에 누워 이불을 덮었다. 그렇게 나의 열정만 가득했던 첫 원고 작업은 시험 전날 침대에서 문제집을 풀다가 숙면을 취했던 나의 과거와 똑같이 허무하게 끝나버렸다.

다음날부터 나는 아무런 죄가 없는 노트북을 괜히 외면하기 시작했다. 최선을 다해 키보드를 멀리하고 있었지만 그래도 글에 대한 생각은 떠나가지 않았다. 밥을 먹을 때도 샤워를 하거나 길을 걸을 때도 글에 대한 생각과 고민이 떠나가질 않았다. 가끔씩 문득 떠오르는 생각들은 노트북이 아닌 휴대폰 메모장에 끄적이곤 했지만 누군가에게 보일 수는 없었다. 잘 쓰고 싶다는 생각이 크니 걱정과 망설임만 늘어 몇 개월을 아무런 글도 못 쓰고 그냥 보냈던 것 같다.

이제는 진짜 원고를 보내야 하는데… 라는 생각만 한 채 겨울이 다가왔다. 눈이 굉장히 많이 내렸던 날이었다. 이가 시릴 정도로 매우 추웠지만 눈이 소복이 쌓인 거리를 보니 왠지 포근하단 생각이 들었다. 그렇게 눈이 온 거리를 멍하니 보고 있는데 불현듯 팬분들이 내 글에서 따뜻함이 느껴진다고 했던 말이 떠올랐고, 내 글을 봐주시는 분들께 내가 지금 느끼고 있는 포근하고 따뜻한 감정을 전하고 싶단 생각이 들었다.

'잘하고 싶다', '잘 써보고 싶다' 등의 생각과 마음은 변함없지만, 멋진 척하는 글보다는 읽다가 피식 웃을 수 있는 진솔하고 진정성 있는 글을 쓰기로 마음먹었다. 그렇게 생각이 정리되자 오랫동안 나를 괴롭혔던 고민도 끝이 났다. 방향이 잡히자 나는 다시 글을 쏠 수 있었고, 다시 이슬이 아버지가 되어 있었다.

이 글을 보시는 분들께 겨울의 군고구마… 여름의 콩국수 같은 따뜻한 온기와 시원한 바람을 드리고 싶다.

지금 이 책을 펼쳐준 소중한 당신 덕분에 글을 쓰게 되었고, 또 용기를 얻어 다시 키보드를 만질 수 있었습니다.

부디 제 군고구마가 잘 전달되기를….

3월 3일
3시 33분

　난 숫자 3을 굉장히 좋아한다. 별명이 3(쌈)이 되기 전에도 가장 좋아하는 숫자는 3과 5였다. 많은 사람들이 숫자 7을 좋아하고 4를 기피하지만 나는 7과 4 모두 관심이 없었다. 종종 누군가 "좋아하는 숫자가 뭐냐"고 묻는다면 대답해 드리는 게 인지상정이니 항상 "3과 5를 좋아한다"고 답했다. 나는 왜 예전부터 숫자 3에 끌렸을까? 곰곰이 생각해 보니 하나는 뭔가 외롭고 쓸쓸하고, 둘은 부족해 보였는데 3에겐 그런 아쉬움이 모두 없어 보였다. 왜 모험하는 만화들을 보면 주인공들은 꼭 3인으로 움직이지 않는가. 3이란 숫자엔 그런 매력이 존재한다고 생각했다.

　그러다가 "3은 정말 나와 운명이구나"라고 생각한 계기가 있었다. 데뷔 후 나는 개명을 결심하게 되었고, '박서함'이란 이름으로 두 번째 개명을 했다. 이후 팬분들이 서함이란 이름을 쌈, 삼이

란 별명으로 부르기 시작했다. 그렇게 되자 "내가 좋아하는 숫자가 3인데 나를 쌈, 삼으로 부르시네?"라며 나만의 세계에 빠져들었다. 생각해 보니까 동생 태준이의 생일은 7월 13일이고, 나는 93년생이고, 데뷔한 날짜는 3월 3일이었다. 이런 말도 안 되는 이유들을 붙이며 박서함이란 이름과 3이란 숫자는 '나와 운명이구나'라고 생각했다.

그래서 앤피오와 계약을 앞두고 본부장님께 조건 아닌 조건을 말씀드렸다. 나는 꼭 해야 하는 일이라며 용기 내 이렇게 말했다.

"제 이름이 박서함이라 팬분들께서 3이나 쌈으로 불러주시거든요. 게다가 데뷔일도 3월 3일이라, 날짜가 얼마 남지 않았으니 괜찮으시면 계약을 2주만 늦춰서 3월 3일에 할 수 있을까요?"

그러자 본부장님은 흔쾌히 "그럼요! 3월 3일, 두 시에 볼까요?"라고 여쭈셨고, 나는 "3시에 만나 3시 33분에 도장을 찍고 싶다"고 말씀드렸다. 많이 당황스러우셨겠지만 어쩔 수 없었다. 그냥 세상이 내게 말하고 있는 것 같았다. 3월 3일 3시 33분에 무조건 도장을 찍어야 한다고. 그렇게 3월 3일 3시가 되었다. 하늘도 나의 마음을 아는지 날씨도 굉장히 화창했다. 소속사 사무실엔 눈부신 햇살이 들어와 있었고, 책상에 놓인 나의 계약서는 햇빛을 받아 마치 보석처럼 빛나고 있었다. 부푼 기대감을 안고 휴대폰 시계를 자꾸 확인하며 본부장님을 기다렸다. 하지만 문을 열고 들어온 사람은 디지몬 카이저를 닮은 잘생긴 실장님이었다. 실장님은 좋지만 이건 내 계획과 완전히 어긋났다!

난 저런 말도 안 되는 조건을 본부장님께만 슬쩍 말했던 거였지, 시크함을 내뿜고 계시는 실장님이 나오실 줄 알았다면 차마 말도 못 꺼냈을 거다! 내 예상과 다른 상황이 되자 불안감이 엄습해 오기 시작했다. 시계는 어느새 20분을 넘겨 30분을 향해 달려가고 있었다. 바로 계약서를 펼치며 준비하시는 실장님께 나는 또 한번 용기를 내어 말했다.

"제가 3월 3일이 데뷔일이라 3시 33분 33초에 도장을 찍고 싶습니다!"

잠깐의 정적 후 실장님은 시크하게 말씀하셨다.

"네, 이미 전달 받았으니 3시 33분에 찍으시면 됩니다."

실장님의 답변에 나는 돌처럼 굳었고 또 창피했다. 하지만 창피해도 어쩔 수 없었다. 창피함은 잠깐이고 세상 모두가 날 이상하게 생각해도 난 3월 3일 3시 33분에 계약을 하고 싶었다. 적막한 사무실에서 실장님과 단둘이 3시 33분을 기다리고 있자니 1분 1초가 1시간 같았다. 마침내 기다리던 3시 32분이 되자 난 굳은 마음을 담아 도장을 준비했다. 그리고 33분이 되자마자 바로 도장을 찍었다!

기뻤다! 엄청난 미션을 클리어한 느낌이 들면서 용기를 낸 내가 너무나 멋졌다. 오늘 저녁은 배달 음식을 쌓아두고 폭식을 하리라 다짐하던 그 찰나… 계약을 너무 오랜만에 했던 나는 잊고 있었던 것이다. 도장 찍을 게 한두 개가 아니었다는 걸…. 3시 33분에 자랑스럽고 당당하게 도장을 찍은 후 실장님을 봤지만, 실장님은 말없이 다음 페이지를 넘기실 뿐이었다.

3시 34분이 되었다. 나는 허탈하게 다음 장 도장을 찍었고 계약을 끝내니 40분이 넘어 있었다. 계약서 종이를 비추는 햇빛이 날 놀리는 것 같았다. 하지만 괜찮다. 비록 3시 33분에 계약을 끝마치진 못했지만 3월 3일이었으니까.

평생의
라이벌

내겐 인생을 함께하고 있는 평생의 라이벌이 있다. 그 친구는 시도 때도 없이 날 찾아오는데 특히 아침 시간에 날 무참히 공격하곤 한다. 나도 그 친구를 이기기 위해서 많은 노력을 하고 있지만 아직까지 명쾌한 공략법은 찾지 못했다. 나의 라이벌은 팥과 호박을 꽤나 싫어해서 한동안 팥과 호박으로 대적했지만 그마저도 이젠 면역이 생겼는지 현재는 별 소용이 없는 것 같다.

그는 보통 눈부터 얼굴 전반을 무차별 공격해 나의 얼굴을 김치찜으로 만들기 일쑤다. 이 무시무시한 친구의 이름은 바로 '붓기'다. 그동안 붓기에 얼마나 당했는지 이젠 거울을 보지 않고도 지금 나의 얼굴이 부었는지 붓지 않았는지 알 수 있다. 솔직히 붓지 않았다는 느낌은 잘 모르겠다. 붓지 않았던 날들이 없었으니까… 흑흑.

몇 해 전 무더운 여름의 어느 날이었다. 생각해 보니 난 여름을 정말 좋아하는데 여름은 날 싫어하는지 항상 여름에 이상한 일들이 많이 벌어지는 것 같다. 아무튼! 나는 전날 치킨을 먹었다는 죄로 다음날 아침 누군가에게 맞은 것마냥 심각하게 부어 있었다. 그런 내게 거울은 사치였다. 보지 않아도 그냥 알 수 있었고 솔직히 확인하기도 싫었다. 지금 이 상태라면 엄마마저도 "우리 아들 잘생겼다!"라는 말은 절대 못 하셨을 것이다. 왜냐하면 눈을 떴을 때부터 본능적으로 '대형 사고다!'라는 생각이 들었기 때문이다. 나는 라이벌을 무찌르고자 먼저 냉장고 안에 숨겨둔 백신, 호박즙과 팥즙을 있는 대로 때려 부었다. 그러고는 또 다른 강력한 무기인 마사지 기구를 얼굴에 문지르며 카페 테라스에 앉아 매니저 형을 기다리고 있었다.

잠시 후, 매니저 형은 차에서 내렸고 나에게 오나 싶더니 나를 지나쳐 얼마 떨어지지 않은 곳에 서서 전화를 하기 시작했다. 분명히 차에서 내릴 때 나랑 눈이 마주쳤는데 왜 무시하고 그냥 가지? 섭섭함과 이상함을 느끼던 그 찰나, 매니저 형에게 전화가 왔다. 이 형이 더위를 먹었나 하며 전화를 받자 날 찾는 매니저 형의 목소리가 들렸다.

"어디야?"

"…형 옆에 봐봐."

그러자 형은 마치 귀신이라도 본 듯 공포에 질린 얼굴로 날 바라보고 있었다. 매니저 형은 길을 지나가는 온 세상 사람들에게 내 얼굴이 부었다는 걸 알리려는 듯 크게 웃으며 말했다.

"야, 나 진짜 몰랐어! 너 왜 이렇게 부었어?! 나 진짜 너 아닌 줄 알았잖아!"

형의 말에 약이 올라 당장이라도 그 입을 틀어막고 싶었지만 참았다. 그렇게 차에 올라타고는 숍으로 가는 길 내내 반성했다. '난 아이돌이자 연예인인데 스케줄 전날 치킨을 먹었다는 건 프로 의식이 없었단 거다… 몇 년간 함께한 매니저 형이 자기 아티스트를 못 알아본다는 건 정말 심각한 거다'라며 반성했다. 매니저 형은 기상천외한 일을 겪었다는 듯 차량 거울을 통해 치킨 무처럼 부은 나를 보며 계속 웃었다.

그 순간 호박즙, 팥즙, 마사지 도구까지 모두 다 꼴 보기 싫어졌다. 사실 내 얼굴이 제일 꼴 보기 싫었다. 숍 거울에 비친 적나라한 내 얼굴은 마치 절인 피클처럼 보였고 나는 간절히 기도했다. 다시는 스케줄 있는 날 야식을 먹지 않을 테니 오늘만 사라져 달라고….

옆자리에 붓기가 하나도 없는 얼굴로 앉아 계시는 연예인 분들을 보며 더욱 간절하게 기도했다. 나의 간절함에 라이벌도 딱하게 생각했는지 점점 물러나기 시작했고 다행히 스케줄 직전에는 그나마 사람 같은 몰골로 만들어주었다. 이 사건 이후로 나는 더 열심히 붓기에 대해 공부하고, 연구하며 그 친구를 무찌를 만한 무기들을 찾아다니기 시작했다. 숍 가기 전엔 무조건 두 시간 일찍 일어나는 버릇을 들였고 가끔은 가볍게 러닝머신을 탄 후 숍을 가기도 한다. 몇 년간 수많은 방법을 시도해 봤지만 나의 라이벌을 완전히 물리칠 수 있는 완벽한 방법을 아직 찾지 못했다.

하지만… 기필코 찾을 것이다.
꼭 찾아서 너를 이기고 말 것이다.

너를 꼭 물리치고 말 것이다!!!

첫 출근이
마지막 출근이 될 뻔했던 날

연습생 첫 출근하던 날의 기억이 아직도 생생하다. 날씨는 무척 더웠었고, 혼자서 지하철을 오래 타본 적이 없어 혹여나 늦을까 싶어 서둘러 집을 나왔었다. 오이도역에서 출발해 학동역에 도착한 후 다양한 형태의 노랫소리가 들리는 낯선 연습실에 들어섰다. 걱정과는 달리 연습생 친구들이 날 반겨주며 하나하나 친절하게 설명해 주기 시작했다. 굉장히 고마웠다.

연습생들은 정해진 스케줄에 따라 움직였는데 나의 첫 번째 일정은 당시 모든 남자 연습생들이 무서워하던 한 선생님의 댄스 레슨이었다. 밥을 먹으면서 연습생 친구들에게 들은 선생님의 이야기는 완전 공포 그 자체였다. 듣다 보니 빨간 마스크보다 더 무서웠다! 떨리는 마음으로 첫 수업을 들으러 연습실로 향했고, 잠시 후 남자 연습생들의 공포의 대상이었던 선생님께서 등장하셨다.

태어나 처음 보는 댄스 선생님…이었다. 신기한 감정을 느낄 새도 없이 우리는 기초 체력이라는 루틴을 시작하게 되었다. 처음엔 '이게 뭐지?' 싶었는데 단 5분도 지나지 않아서 나는 모든 걸 이해할 수 있었다. 이미 내 몸은 자연스럽게 앉았다 일어났다를 하고 있었으니까…. 제자리에서 점프… 그리고 제자리에서 달리기 등…. 대략 30분 동안 쉼 없이 기초 체력 루틴을 진행했다.

세상에서 제일 힘든 건 운동장 오리걸음과 턱걸이인 줄 알았는데 그것보다 더 힘든 게 있었다니 놀라웠다. 내가 너무 놀라워 하고 힘들어했던 탓이었을까? 선생님은 내게 다가오시더니 "힘들어?"라고 물으셨다. 당연히 힘들었다! 숨은 가쁘고 몸은 쑤시고…. 그래서 나는 "네!"라고 해맑게 대답했고, 순간 연습실은 찬물을 끼얹은 듯 고요해졌다. 지금 생각해 보면 옆에 있던 연습생들이 "안 돼…. 안 돼요…. 그거 아니에요…." 라고 눈빛을 보냈던 것 같다.

선생님 역시 잠시 날 쳐다보시더니 "그럼 집에 가"라고 말씀하셨다. 그때의 난 순수했던 걸까? 아니 멍청했다. 아니 그냥 바보였다! 나는 내가 상태가 좋지 않으니 선생님께서 집에 가서 쉬라고 하신 줄 알았던 것이다. 그렇게 나는 또 한 번 잘못된 선택을 하고 말았다. 당당하게 "네!"라고 대답한 후 가방을 들고 신나게 집으로 갔던 것이다…. 그날 함께 있던 연습생들에게 나중에 들어보니 그 수업을 끝으로 다신 날 못 보는 줄 알았으며 최초로 하루 연습하고 잘리는 연습생이 나오는 줄 알았다고 한다.

그렇다. 당시의 난 아무것도 모른 채 가방을 메고 편의점으로 달려가 바나나 우유를 마시며 신나게 지하철역으로 향하고 있었다. 집으로 가는 도중에 신인 개발팀 직원분께 전화가 왔고 귀에 피가 날 정도로 많이 혼났다. 정말 다행히 잘리진 않았지만, 바보 같았던 행동에 창피함이 몰려왔고 쥐구멍에 숨고 싶었다. 그렇게 나는 다음날부터 연습실 가는 지하철에서 자기 계발서를 읽기 시작했다.

"힘들면 가"라는 말을 진짜 가라고 들은 나 자신이 너무나 충격적이긴 했던 것 같다. 지난 기억과 추억들은 더 아름답게 미화가 된다고 생각한다. 당연히 이 지난 기억도 미화가 되어 그때의 친구들 그리고 선생님까지 다 같이 모여서 웃고 떠들 수 있는 하나의 추억 거리가 되었다. 하지만 아무리 시간이 흘러도 그때의 선생님 입장을 생각해 보면 황당하다 못해 당황스러우셨을 것 같다.

죄송했습니다, 선생님…. 사랑합니다!

무서운 게
딱 싫어! (1)

나는 원체 굉장히 겁이 많은 사람이다. 그래서 공포라는 장르께는 굉장히 죄송하지만, 무서운 낌새가 조금이라도 느껴지면 바로 도망치거나 눈을 감거나 귀를 막고는 했다. 얼마나 겁이 많았는지 어린 시절 TV에서 〈PD수첩〉이나 〈그것이 알고 싶다〉 같은 교양 프로그램의 소리만 들려도 벌벌 떨면서 불을 켜고 잠들었던 것 같다. 창피하지만 지금도 그렇다.

무서움이란 놈은 내 생각보다 더욱 강력한 악당이었다. 아무리 도망치고 눈을 감고 귀를 막아도 세상에 무서운 것들은 많다 못해 넘쳐흘렀고 무서운 사람들도 많았다. 어린 시절엔 문득 궁금했다. 엄마나 아빠처럼 어른이 된다면 〈주온〉이나 〈착신아리〉 같은 공포 영화를 봐도 무섭지 않을까? 싶은 그런 생각…. 지금 그 질문을 내게 던진다면? 나의 대답은 'NO'다.

가끔 친구들과 함께 있다 보면 괜히 공포라는 놈에 대한 자신 감도 생기고 이길 수 있을 것 같은 생각이 들고는 한다. 누군가 함께 있다는 그 든든함에서 나오는 자신감일까? 친구들을 동료라고 생각하며 공포라는 초궁극체* 몬스터에게 도전장을 내민다. 리모 컨을 마치 검처럼 들고는 그나마 덜 무서워 보이는 포스터를 골라 공포와의 전투를 시작한다. 하지만 공포스러운 음악이 들리자 마자 단 1분도 버티지 못하고 나는 나의 필살기인 귀 막고 눈 감기를 시작한다. 어른이 된 후에도 겁이라는 분은 쉽게 사라지지 않았다. 그렇게 나는 공포와의 전투에서 매번 패배하고는 했다.

연습생 시절, 열심히 데뷔 준비를 하던 여름날이었다. 그날은 유독 힘들고 우울했다. 연습도 힘들었고 몸도 마음도 지친 그런 날이었다. 월말 평가를 망쳐서 속상하기도 하고 두렵기도 했다. 잘한 멤버들까지 나 때문에 괜히 혼난 것 같아 미안했고 숙소에 들어가기도 민망했다. 당시 우리 숙소는 가로수 길에 있었다. 가로수 길은 항상 시끄럽지만 빌라가 있는 골목 쪽은 조용했는데 특히 밤에는 정말 고요했다. 민망함에 거리를 방황하며 함께 연습생 시절을 보냈던 민주 형에게 전화를 걸었다. 그날은 이상하게 유독 더 고요했던 것 같다. 나는 불 꺼진 가게 앞에 앉아 통화를 하고 있었다. 고민을 들어주고 위로해 주는 형한테 고마움과 감동을 느끼던 그 찰나! 주황색 택시 한 대가 내 앞에 멈춰섰다. 원체 공포라는 놈한테 많이 데인 탓인지 아니면 정말 촉이라는

---

* 초궁극체: 애니메이션 <디지몬> 시리즈에서 완전체 다음인 궁극체에서 한 번 더 진화한 형태를 말한다.

게 세상에 존재하는 건지⋯ 뭔가 느낌이 오묘했다. 약간 김치를 먹다가 생강을 씹은 느낌이랄까? 잠시 후, 주황색 택시 운전석에서 백발의 할아버지가 내리시더니 내게 말을 거셨다.

"방금 택시 탔었죠?"

그 순간 '내가 택시를 탔었던가?' 잠시 고민했지만 난 오늘 택시를 탄 적이 없었다. 나는 백발의 할아버지께 "아니요. 안 탔습니다"라고 말씀을 드리곤 다시 민주 형과 통화를 시작했다. 그러자 할아버지께서는 "탔잖아요"라고 말하며 가까이 다가오기 시작하셨다. 뭔가 느낌이 묘하다 못해 이상했다. 아니! 이건 분명히 이상했고 점점 느낌이 안 좋다는 생각이 들기 시작해 "안 탔다니까요⋯." 라고 답하며 자리에서 일어나 숙소 쪽으로 빠르게 걷기 시작했다. 민주 형에게 대충 상황을 전달하며 빠르게 숙소로 가던 그때! 할아버지께선 내 뒤를 따라오기 시작하셨다. 내 걸음은 점점 더 빨라졌고, 할아버지의 걸음도 점점 더 빨라졌다. 내 걸음이 더 느렸었나? 맞다! 할아버지보다 내가 더 느렸다!

잠시 후, 할아버지께선 "택시, 탔었잖아요"라며 내 팔을 붙잡으셨고 두려움에 떨던 나는 "안 탔다니까요!" 하며 뿌리쳤다. 뒤돌아 숙소로 가려는데 다시 한번 나의 팔을 붙잡으시더니 주머니에서 검은색 기계를 꺼내셨다. 처음 보는 검은색 기계는 파지직! 소리와 만화에서나 보던 전기를 내뿜으며 내게 날아오기 시작했다. 순간 나를 내려찍는 그 전기 충격기가 슬로우 모션처럼 보였고 '이거 맞으면 데뷔도 못 해보고 죽는다!' 싶은 생각이 들었다.

데뷔도 못 해보고 죽을 순 없었다. 연습생 귀신은 너무 억울하

잖아? 나는 전기 충격기를 든 할아버지의 팔을 쳐내고는 숙소로 미친 듯이 달렸다. 달리는 내내 휴대폰에선 민주 형의 나긋하지만 당황한 목소리가 들렸다. 정신없는 와중에 이 형은 당황해도 목소리가 나긋하구나 싶었다. 미친 듯이 숙소 계단을 올랐다. 숙소에 있던 멤버들은 하얗게 질린 내 얼굴을 보곤 다들 무슨 일이 나며 묻기 시작했다. 순간 설마 숙소까지 따라왔을까 싶어 창문을 열어 내려다보니 할아버지는 숙소 창문을 올려다보고 계셨다. 할아버지와 눈이 마주친 순간 질겁하며 창문을 닫았고 그 자리에 주저앉았다. 온몸이 벌벌 떨렸다. 후유증은 내 생각보다 더욱 심각했다. 눈만 감으면 그 할아버지 얼굴이 떠올랐고 한동안 택시를 탄다는 건 상상조차 못 했다. 밤엔 멤버들이나 매니저 형들이 없으면 혼자서 숙소를 가지도 못했다. '이 트라우마는 대체 언제쯤이면 사라질까? 극복할 수 있을까?'란 생각에 잠자리를 설치기도 했다.

그때의 나를 생각해보면 시간이 내겐 약이었다. 지금은 평범하게 택시도 탈 수 있고 무엇보다 이 일을 다시 떠올리며 글을 쓰고 있다는 것 자체가 트라우마를 극복한 게 아닐까란 생각이 든다. 사람들에게 이 일에 대해서 이야기를 하면, "너처럼 건장한 사람한테 그런다고?"라며 대부분 반응한다. 난 이게 중요한 포인트라고 생각한다. 나처럼 키가 크고 건장한 사람도 위험해지는 세상이다. 그러니 모두가 늘 조심하고 또 의심해야 한다. 우리 일상에 공포 장르가 끼어들 자리가 없도록 말이다.

결론은… 우리 밤길 조심합시다!

무서운 게
딱 싫어! (2)

초등학교 시절 '빨간 마스크' 괴담을 정말 무서워했다. 지금 이 글을 읽는 분 중에서도 그분을 무서워했던 분들이 계실지도 모른다. 어릴 적 나는 인터넷에 빨간 마스크 퇴치법에 대해 검색을 하기도 했었고 학교 앞 문방구에서 500원에 판매하던 빨간 마스크 퇴치법이 쓰인 수첩을 구매해서 정독하기도 했었다. 아무튼 살면서 귀신 이야기나 빨간 마스크 이야기가 아닌 내가 처음으로 공포라는 걸 직접 느꼈던 날이 있다.

이상하게 이때도 여름이다. 대체 왜 여름에만 이런 일이 생기는지 잘 모르겠지만, 때는 2011년의 정말 무더운 여름이었다. 당시 남자 연습생들에겐 하이라이트 선배님들의 〈Beautiful〉이라는 곡을 커버하는 과제가 주어졌다. 누군가의 곡을 연습생들과 함께 커버하는 것도 처음이었고, 단체로 평가를 본다는 것 자체가 설레고 재미있어서 정말 열심히 연습했다.

당시 회사엔 연습실이 세 개가 있었는데, 하나는 아티스트 연습실이라 '아연'으로 불렸고 또 하나는 새로운 연습실이라 '신연'으로 불렸다. 그리고 마지막 연습실은 오래된 낡은 연습실이라 '구연'으로 불렸다. 나는 왠지 신연보다는 구연에서 연습하는 게 마음이 편했기 때문에 구연을 자주 이용했다. 그날도 구연에서 혼자 노래를 틀고 연습을 하고 있었다. 한참 연습을 하던 도중 레슨 시간이 다가왔고 마지막으로 한 번만 더 추고 가야겠단 생각에 재생 버튼을 누르고 마지막 춤을 추기 시작했다.

그렇게 후렴구가 시작되기 바로 직전! 갑자기 노래와 불이 한꺼번에 꺼져버렸다. 밝았던 연습실은 순식간에 암흑 세계로 변해버렸고 나는 마치 석상처럼 굳어버렸다. 스피커에서 나오는 파란색의 작은 불빛 하나만이 연습실을 비추고 있었는데 그 파란색 불빛이 나를 더 무섭게 만들었다. 나는 눈을 반쯤 감고는 연습실 문 앞으로 달려가 문을 열었다! 여기서 중요한 건, 구연의 연습실 문은 낡은 철문이기도 하고 문의 이가 잘 맞지 않아서 원래 잘 열리지도, 잘 닫히지도 않았단 거다.

그날도 마찬가지로 문이 잘 안 열렸는데 유독 더 심했다. 아무리 문을 열려고 해도 끽! 끽! 소리만 나고 열리진 않았다. 한참을 그렇게 무서움에 떨며 문을 쾅쾅댔고 몇 분이 지난 후에야 문을 열 수 있었다. 마침내 구연을 빠져나오자 계단 위로 밝은 햇살이 보였다! 나는 계단을 단숨에 올라 신연으로 미친 듯이 달렸고 그 후로 구연은 나에게 여러모로 공포의 대상이 되었다.

지금 돌이켜 보면 거울로 춤추는 나의 모습이 너무 절망적이어서 누군가 "너 그렇게 연습하면 안 돼!"라고 날 생각해 주신 건 아닐까 싶기도 하다.

많은 연습실을 가봤고 사용해 봤지만 가끔씩 그 주변을 가면 항상 구연이 생각난다. 그때의 소리, 그때의 냄새 등 내겐 가장 기억에 남는 연습실이 되었다. 비록 지금은 가보고 싶어도 사라졌다고 들어서 가볼 순 없겠지만….

감사합니다, 구연님! 보고 싶어요!

데뷔!

　나는 데뷔가 늦은 편이다. 연습생 기간이 길기도 했고, 누구와 세워봐도 혼자 우뚝 서 있으니 조화를 이루지 못했다. 뭐 다 핑계고, 실력이 부족했으니 데뷔도 늦어지고 다른 친구들에게 밀렸던 거다. 2016년 3월 3일이 데뷔일이긴 하지만, 데뷔하기 전부터 행사 무대를 돌기 시작했다. 당장이라도 파워레인저 악당으로 출연해도 될 것 같은(검은 백작 같은) 의상을 입고 처음 무대를 섰는데 패션 감각이 없는 나도 나름의 취향이란 게 있었는지 그땐 그 무대 의상들이 참 불편했고 입기가 싫었다. 무대 의상을 벗고 추리닝으로 갈아입을 때의 그 행복감은 뭐라 말로 표현하기가 힘들 정도로 좋았다. 그렇게 나는 3월 3일 〈더쇼(THE SHOW)〉라는 음악 프로그램으로 정식 데뷔를 했는데, 너무 떨리는 마음에 또 말도 안 되는 걱정들을 늘어놓기 시작했다.

방송국으로 향하는 카니발 안에 가만히 앉아서 '복도를 지나가다가 선배에게 인사를 잘 못해서 화장실로 불려가면 어떡하지?', '무대를 하다가 지미집 카메라에 부딪히면 어떡하지?', '무대를 하다가 넘어지면 어떡하지?' 등의 말도 안 되는 걱정을 하면서 데뷔 무대를 향해 달려가기 시작했다.

　방송국에 도착하니 모든 게 낯설었다! 팀 이름이 붙은 대기실도 낯설었고, 분주한 현장도 낯설고 무서웠다. 다행히 데뷔 무대는 사전 녹화로 진행됐다. 드라이 리허설*을 시작으로 나의 첫 데뷔 무대 녹화가 시작됐다. 우리의 데뷔곡은 리스닝 타임이 꽤 길어서 방송용 편집 버전이 있었는데 데뷔 1일 차, 당장이라도 누가 말을 걸면 기절할 정도로 긴장한 탓에 원곡인지 방송용 버전인지도 구분을 못 할 정도였다.

　그렇게 첫 드라이 리허설이 시작됐고, 우린 다 같이 짠 듯이 방송용 버전이 아닌 원곡으로 무대를 했다. 쉽게 말하자면 다 같이 짠 것처럼 실수를 한 것이다! 무대 밑에 있던 매니저 형들과 회사 스태프분들의 미간에 수많은 지렁이들이 생겨나고 있었다. 하지만 그땐 그게 전혀 무섭지 않았다. 매니저 형이 화났든 이사님이 화났든 무섭지가 않았다. 왜냐면 PD님께서 마이크를 잡고 "정신 차리자"라고 말씀하셨기 때문에 그 공간에서 나에게 가장 무서운 사람은 바로 담당 PD님이었다.

　얼어붙어 있던 우리는 PD님 한마디에 긴장이고 뭐고 정신이 번쩍 들었고, 덕분에 사전 녹화를 무사히 마칠 수 있었다. 물론 그

---

*드라이 리허설: 방송에서 의상, 화장 등을 다 갖추지 않은 채 하는 연습.

때는 무사히 마쳤다고 생각했지만, 무대를 내려와서 모니터를 보는데 당장이라도 은퇴 기자회견을 열고 싶은 심정이었다. 그동안 신인 개발팀 분들과 직원분들의 얼굴이 주마등처럼 스쳐 지나가더니 그분들이 한 쓴소리가 모두 다 약이었구나란 생각이 들었다. 숙소로 돌아가는 카니발 안에선 내 주특기인 상상이고 나발이고 당장 연습실로 달려가고 싶었다.

이게 나의 데뷔 날 기억이다. 사실 시간이 너무 흘러서인지 기억이 잘 안 난다. 하지만 그때 PD님의 "정신 차리자"는 평생 기억에 남을 것 같다. 뭔가 정신을 못 차릴 때 그분의 목소리를 떠올리며 늘 되새길 것 같다. 끝으로 데뷔 무대를 생방송이 아닌 사전 녹화로 잡아주셨던 그때의 매니저님들께 진심으로 감사하단 말씀을 드리고 싶다.

시간과
기억력

데뷔를 하고 "기억력이 좋다"라는 말을 태어나서 처음 들어봤다. 사실 난 공부를 그렇게 잘하는 사람은 아니었다. 공부를 잘하고 싶어 하는 사람이었다. 부모님께 학원도 먼저 다니고 싶다고 말씀드려서 다녔었고, 자진해서 앞자리에 앉아 사회 수업을 열심히 듣기도 했다. 데뷔를 한 뒤에는 글씨가 예쁘다는 칭찬을 많이 듣곤 했는데 지금 생각해 보니 학창 시절 때 앞자리에 앉아 필기라도 열심히 한 나를 위해 신이 내린 선물이 아닐까 싶다.

지금 문득 떠오른 건, 학창 시절이라고 하니 시간이 정말 많이 흘렀고 나이가 들어 보인다는 거다. 앞으로는 학생 시절이라고 해야겠다. 요즘은 뭐라고 부르려나? 고교 시절? 아무튼, 난 수학 공식 하나도 쩔쩔매면서 외웠던 학생이었는데 그런 내가 기억력이 좋다니! 시간이 지나면서 머리가 좀 성장을 한 건가? 그런 이상한 생각에 가끔 빠지곤 했다.

그러던 어느 날, 갑자기 그런 생각이 들었다. 교과서나 문제집에 있는 공식들은 백 번을 쓰고 외워도 잘 안 외워졌는데, 이상하게 시트콤 〈거침없이 하이킥〉에 나오는 대사들은 몇 번만 봐도 술술 외워졌다. 또 나머지 공부를 해가면서 한자를 외울 땐 잘 안 되던 게 노래는 몇 번 듣기만 해도 이상하게 가사가 저절로 외워졌다.

시간이란 게 얼마나 소중한가? 날 보러와 준 팬분들께 진심을 다해 좋은 추억을 가득 채워주고 싶다는 생각을 했었다. 연차가 차면서 더 느꼈던 건, 시간을 내서 누군가를 보러 간다는 것 자체가 정말 힘든 일이고, 누군가를 위해서 글을 쓰고 사랑을 준다는 건 정말 쉽지 않은 일이란 거다. 당장 나만 해도, 친구가 밥 먹자고 연락이 오면 "나 약속이 있어. 침대랑" 하면서 거절하기 바쁘다. 또 에세이를 쓰게 되면서 글을 쓴다는 것 자체가 얼마나 힘든 일인지 뼈저리게 느끼고 있다. 그렇기에 나라는 사람을 위해 팬분들이 귀한 시간을 써주신다는 게 더욱 크게 와닿았다.

사람은 늘 추억을 곱씹으며 살아간다고 생각하기 때문에, 스케줄 하나하나에서 만나는 모든 인연을 기억하고 추억하고 싶었다. 그래서인지 팬분들의 얼굴이나 이야기가 신기하리만큼 금방 외워졌다. 그때 느꼈다. 내가 좋아하는 것들은 자연스럽게 외워지고 잊혀지지 않지만, 수학 공식처럼 어렵거나 내가 좋아하지 않는 것들은 외우려고 아무리 노력해도 안 외워지는 거구나…!

사람은 많은 경험을 통해 더 성장한다고 하는데, 나는 팬분들과의 만남이 쌓일수록 더 좋은 사람이 되고 싶어진다. 그 만남들은 시간이 흐른다고 흐릿해지지 않고, 오히려 더 선명한 기억으로 내 안에 남아 있다.

잠깐이지만 직장 아닌 직장 생활을 해보니 시간을 내서 누군가를 응원한다는 게 더 쉽지 않은 일이라는 걸 깨달았다. 그래서 거창하진 않지만 늘 정말 감사하다는 말을 전하고 싶다. 그 마음들 덕분에 버틸 수 있었다고. 그래서 아주 오래 시간이 흘러도 영원히 기억할 수밖에 없다고….

호칭에
대하여

난 어떤 호칭으로 불리는 걸 굉장히 민망해하는 편이다. 최근엔 글을 쓰게 되면서 작가님이란 호칭을 처음 듣게 됐는데 정말 너무 민망했다. 몇 번 들으면 좀 나아질까 싶었는데 그렇지 않다 보니 어느 순간 왜 이렇게 된 걸까 돌아보게 되었다. 생각해 보면 나를 부르는 호칭은 살면서 여러 번 바뀌었다. 아기에서 어린이로. (물론 팬분들한텐 아직도 난 아기다. 하하.) 어린이에서 학생으로, 학생에서 연습생으로, 연습생에서 아이돌과 연예인으로. 그리고 이제는 배우와 작가까지.

분명히 내 기억 속 나는 딱히 어떤 호칭을 싫어하지도 않았고 듣는 걸 민망해하지도 않았다. 오히려 좋아했다! 특히 연습생이란 호칭을 싫어하기도 했지만 많이 좋아하기도 했었다. 한때 연습생이 된 나 자신이 그저 멋있게만 보였던 시절이 있었다. 그래

55

서 어디를 가든 당당하게 소개하고 다녔던 것 같다. 연습생이란 말을 TV에서나 들어봤지 내가 연습생이 될 거란 생각은 단 한 번도 해본 적이 없었으니 더 그랬다. 하지만 연습생으로 몇 년 지내면서 일명 '데뷔조'라는 호칭의 압박감을 받다 보니 연습생이란 호칭을 죽도록 싫어하게 됐다.

훗날 꿈에 그리던 데뷔를 하고 아이돌이 되었을 때 나는 아이돌 그리고 가수로 불리기 시작했다. 가수, 분명 틀린 말은 아니었다. 하지만 누군가 나를 가수라고 부르면 가시방석에 앉은 것마냥 불편한 느낌을 지울 수 없었다. 아이돌이란 이름은 괜찮았지만 가수는 듣기가 힘들었다. 아니, 힘들다기보다는 민망했다. 내가 그만큼 자신이 없었으니까. 노래를 특출나게 잘하지 않는다는 걸 누구보다 내가 제일 잘 알았기 때문에 가수라는 호칭은 말도 안 된다고 생각했다.

아이돌 생활을 하면서 첫 드라마를 찍을 때도 그랬다. 현장을 가니 스태프분들이 날 '배우님'이라 부르셨고, 나는 제발 그 호칭을 쓰지 말아 달라고 부탁했었다. 그런 내 모습을 의아하게 보는 분도 계셨고, 이해하는 분도 계셨다. 당장이라도 이해하는 분들께 달려가 "제가 왜 이럴까요?"라고 여쭤보고 싶었지만, 그럴 새도 없이 내 인생 첫 씬을 찍게 됐다. 그리고 알아버렸다. 내가 그동안 왜 민망했는지….

연습생 생활을 할 때도 나는 늘 내가 부족하단 걸 알고 있었다. 그럼에도 무대와 현장에 서니 나의 부족함이 더욱더 크게 보이기 시작했다. 나의 모자람을 내가 너무 잘 알아서 저런 대단한 호칭은 내게 어울리지 않다고 생각했던 것이다. 연습생 시절부터 존경하는 선배님들을 보며 막연히 "저렇게 되고 싶다!"라고 생각했었다. 데뷔를 한 후, 많은 무대와 현장에서 대단한 선배님들을 직접 보니 '난 정말 한참 부족한 사람이구나'란 생각이 들었다. 그렇게 되자 자존감도 많이 떨어지고, 누군가 나를 어떤 호칭으로 불렀을 때 늘 내가 부족한 것만 같아 부끄러움이 앞섰다. 그래서 결심했다. 마냥 부족하다는 생각만 하지 말고, 부족함을 채우는 사람이 돼보자고! 배우라는 호칭을 당당하게 들을 수 있는 그런 배우가 되자고 말이다.

난 항상 남들보다 느렸다. 연습생 생활도 다른 친구들에 비해 늦게 시작했고, 데뷔도 다른 친구들에 비해 늦었다. 연습을 하면 다른 친구들보다 숙지도 느렸다. 솔직히 내게 빛나는 재능은 없었다. 하지만 내겐 끈기가 있었다. 조금이라도 연습실에 오래 있으면 더 늘겠지?라는 바보 같은 생각에 연습실에만 있던 적도 있었다. 만약 내가 요령 없이 막무가내로 연습하던 과거의 나를 만난다면, 꿀밤 100대 정도 때리고 똑똑하게 연습하라고 말해주고 싶다. 왜냐하면 진짜 막무가내로 연습했다. 자세히 말하기는 싫다. 창피하다. 연습실의 거울 속 나는 흐느적대는 풍선 같았다. 그러다 보니 남들보다 늘 뒤처진다는 생각 때문에 많이 힘들었다.

그래서 지금은 스스로 뒤처진다는 생각보다는 "안녕하세요, 배우 박서함입니다"라는 인사를 당당히 건넬 날에 집중하기로 했다. 그날을 위해 계속 노력하고 경험치를 쌓으려고 한다. 또 팬분들에게도 주눅 든 모습이 아니라 자존감 높은 모습으로 인사하고 싶다.

언젠가 나도 초진화해서 궁극체*가 되리라 꿈꾸며.

---

* 궁극체: 애니메이션 <디지몬> 시리즈에서 완전체 다음 모습으로, 진화의 최종 단
  계를 뜻한다. 완전체 중에서도 매우 소수만 가능하다고 한다.

지렁이 즙과
고추장 삼겹살

　어릴 때부터 키 작은 아이는 절대 아니었다. 유치원생 때, 시장을 가면 가게 사장님들이 초등학교 고학년인 줄 아셨다고 입을 모아 말씀하셨을 정도로 꽤 큰 아이였다. 하지만 우리 할머니, 할아버지 눈에는 그저 작게만 보였던 것 같다. 나는 초등학교를 다니기 전까지 할아버지, 할머니와 함께 살았는데, 그 집은 유독 주방 창문을 통해 노을빛이 잘 드는 곳이었다. 저녁만 되면 할아버지는 주방에서 고추장 삼겹살을, 할머니는 지렁이 즙과 된장찌개를 준비하셨다. 두 분의 뒷모습과 집 안에 퍼지던 그 냄새는 아직까지도 생생히 떠오른다. 그때를 떠올리면 괜히 눈물이 핑 돌기도 한다.

　할머니 댁에 살던 나에게는 매일 먹어야 하는 비타민이 하나 있었다. 일명⋯ 지렁이 즙! 할머니는 물과 지렁이를 넣고 갈아서 하얀색 밥그릇에 묽은 지렁이 즙을 항상 내주셨다. 그리고 늘 하시던 말씀이 있었다.

"우리 경복이 튼튼하게 쑥쑥 커라."

아직도 그 맛이 생생하게 떠오른다. 대체 이 맛을 뭐라고 표현하면 좋을까? 느낌은 팥죽인데 식초를 부은 듯 시큼한 맛? 팥죽과 식초, 겨자를 섞은 맛? 그 어린 나이에 대체 어떻게 먹었나 싶지만, 그때는 지렁이 즙이라는 게 그렇게 싫지 않아서 식사를 마치면 당연하단 듯이 항상 마셨다. 지렁이 즙을 주시며 밝게 웃으셨던 할머니의 따뜻한 마음이 시큼털털한 지렁이 즙도 그나마 맛있게 느껴지도록 만들었던 건 아닐까?

할머니에게 지렁이 즙과 된장찌개라는 필살기가 있었다면, 할아버지에겐 고추장 삼겹살이란 필살기가 있었다. 할아버지는 조용히 장기를 두시다가도 저녁때가 되면 나의 손을 꼭 잡고 시장으로 가셨다. 난 그게 좋았다. 할아버지는 시장에서 고기를 사서 손수 고추장 삼겹살을 만들어주시곤 했다. 고추장 삼겹살은 매번 저녁 메뉴로 올라왔다. 단지 손자가 잘 먹는다는 이유 하나만으로 그랬다. 같은 메뉴를 매번 먹는다는 건 생각보다 힘든 일이다. 근데 단지 어린 내가 잘 먹고 좋아한다는 이유로 할아버지는 매번 고추장 삼겹살을 볶아주셨다. 고등어나 다른 메뉴도 드시고 싶으셨을 텐데, 그땐 내가 눈치가 없었나 보다. 어렸으니까!

초등학생이 되고 집으로 가게 됐을 때, 집에 가지 않겠다고 떼를 썼던 기억이 난다. 엄마 말로는 어린 시절의 난 떼도 잘 안 쓰고, 조용한 아이였다고 했는데 그런 내가 떼를 썼던 걸 보면 할머

니 댁이 정말 좋았었나 보다.

이후 집으로 돌아와 중학생이 되고도 매주 주말에 할머니 댁을 가는 건 나의 일상이었다. 가깝기도 가까웠고, 할아버지, 할머니가 보고 싶었다. 그러다 연습생이 되면서 집에도, 할머니 댁에도 잘 못 가게 되었다. 연습생 생활을 할 때도 밥을 짓던 할아버지와 할머니의 뒷모습이 문득문득 생각이 났다. 사람은 늘 후회를 하며 살아간다지만, 연습생 시절 "데뷔 언제 하느냐"란 가족들의 질문 세례를 받기 싫어 몇 번은 명절에 바쁜 척 가지 않았다. 하지만 그러지 말았어야 했다. 잠깐 힘들더라도 할아버지를 뵈러 갔어야 했다. 지금도 종종 자주 찾아뵙지 못 했던 걸 자책하곤 한다.

아직도 힘들 땐 할아버지 생각이 난다. 지금도 글을 쓰면서 괜히 눈물이 나려고 하는데…. 내가 데뷔하기 몇 개월 전, 할아버지는 하늘나라로 가셨다. 어린 시절 내가 보고 싶다고 우시던 할아버지의 모습, 나와 손잡고 함께 시장을 다니던 할아버지의 모습이 아직도 눈에 선하다. 할아버지의 냄새나 목소리까지도…. 빨리 데뷔를 하고 싶었던 이유 중 하나도 할아버지와 할머니께 보여드리고 싶었기 때문이다. 하지만 가장 보여드리고 싶었던 소중한 사람이 사라지니 세상이 무너지듯 힘들었다.

오랜만에 할아버지 기일에 참석했다. 할아버지의 사진도 없었는데 눈물이 쏟아졌다. 그동안 얼마나 그리웠던 걸까? 제사를 끝마치고 집으로 돌아가는 길에 할머니는 늘 그러셨듯 날 배웅하셨다. 예전부터 할머니는 늘 2층 창문에서 내가 사라질 때까지 손을 흔드셨다. 오랜만에 그 모습을 보니 괜스레 놓치기 싫어 사진으로 남기는데 또 눈물이 흘렀다. 나이를 먹으면 눈물이 많아진다고 하던데 그래서 그런 걸까? 늘 감사하고 보고 싶다. 오늘은 고추장 삼겹살을 시켜 먹어야겠다. 지렁이 즙은 빼고….

연예인이 된
이유

　나와 사촌 형제들은 방학 기간만 되면 몇 주간 할머니 댁에 모여 우리만의 모험을 즐기곤 했다. 마치 만화 〈GO! GO! 다섯 쌍둥이〉마냥 나를 포함해 일곱 명 정도 되는 어린 아이들이 할머니 댁을 휘젓고 다녔으니 얼마나 벅차고 힘드셨을까! 그때 할아버지께서 가장 많이 하시던 말씀은 "저지레 그만해라!"였다. 나는 가족 구성원 모두가 인정하는 우리 할머니, 할아버지의 '최애'였다. 자라면 자고, 먹으라면 먹는 아주 순한 아이였기 때문이다.

　최근 가족들과 모인 명절에 그렇게 숫기도 없고 조용하던 내가 도대체 어떻게 연예인이 될 수 있었는지에 대한 열띤 토론이 벌어졌다.

　모두가 전혀 예상을 못 했다고 하는 그 순간, 나는 눈 앞에 있던 범인 두 명을 발견하고 말았다! 바로 사촌 누나인 J양과 M양이

었다. 당시 J양은 클릭비 선배님들의 열렬한 팬이었고, M양은 강타 선배님의 열렬한 팬이었다.

그때 우리들에겐 방학 숙제라는 큰 관문이 있었는데, 오전에 EBS 방송을 보며 문제집을 풀어야만 했다. 하지만 두 누나들 덕에 그 책은 펴보지도 못하고, 강타 선배님과 클릭비 선배님들의 노래 가사와 응원법을 강제로 암기하기 바빴다. 덕분에 나는 EBS 방송은 구경도 못 하고 대신 음악 프로그램을 시청해야 했다.

무슨 구구단 시험도 아니고 노래 가사 혹은 응원법을 맞히는 시험 아닌 시험도 봤었고, 팬클럽 이름이나 풍선 색 등이 무엇인지에 대해서도 스파르타식으로 교육을 받았다. 게다가 사촌 누나들이 클릭비 선배님과 강타 선배님으로 논쟁을 벌이는 날이면, 누구의 편을 들어야 할지 몰라 그 어린 나이에도 굉장히 난감해했었다.

그 시절의 나는 오랜만에 사촌들과 만나면 비디오를 빌려 함께 만화영화를 보고 싶었고, 디지몬 놀이, 경찰과 도둑, 얼음땡 등의 놀이도 하고 싶었다! 하지만 사촌 누나들은 손수 만든 은박지 헤드셋 마이크를 내게 씌우고, 머리엔 분무기를 뿌려 연예인 놀이를 하게 만들었다!

그렇게 그때의 기억이 파노라마처럼 스치자 나는 누나들을 향해 "누나들 때문이잖아!"라고 말했다. 누나들은 대수롭지 않다는 듯 "누나들 덕분인 거야. 우리가 싹을 딱 알아보고 조기교육 한 거라니까? 연습생 몰라?" 묘하게 설득되는 말에 나는 조용히 입을 다물었다.

그렇다! 나는 옛날 노래를 좋아하기도 하고 많이 아는 편이다. "이 노래가 좋아요!"라고 말했을 때 대체 어떻게 아느냐 말을 많이 들었는데, 누나들의 조기교육 덕분이 아니었을까?

그때 음악 프로그램 강제 시청이 아니었다면 오디션 때 디지몬 노래를 부르고 탈락하지 않았을까? 앞날을 내다보고 조기교육을 시켜줬던 사촌 누나들에게 진심으로 감사의 인사를 전한다.

부디 우리 모두의 일상이 백전무패이길!

홀로
선다는 건

소속사라는 그늘과 팀이라는 둥지에 익숙해지다 보면 홀로 선다는 게 두렵게만 느껴진다. 정으로 물든 모든 것들을 보며 버텼지만 버티는 것도 결국 한계가 있었고, 엔딩을 결정한다는 건 내겐 정말 큰 용기가 필요했다.

당시 난 앞으로 무엇을 할지, 어떤 길을 향해 걸어야 할지에 대해 고민도 하지 않았다. 아니 할 수 없었다. 그 다음 페이지까지 생각했다면 어떤 선택도 내리지 못했을 테니까. 그렇게 나는 모든 걸 바쳤던 나의 청춘과 이별을 선택했다.

나를 지탱하고 있던 수식어가 사라지고 나니 인생의 절반이 통으로 사라진 듯한 느낌이 들었다. 이런 결말은 나의 시나리오엔 없던 그림이었다. 처음 겪는 낯선 상황에서 시간은 잔인하게도 참 느리게 흘러갔다.

사람이 바빠서 여유가 사라지면 잡생각을 할 틈도 없다. 나도 그러길 바랐다. 우중충하게 집에만 갇혀 지내는 모습을 보고 싶지 않았다. 그래서 사소하게나마 스스로 바빠지기 위해 나름의 노력을 하기 시작했다. 집 안을 청소하고, 또 일부러 약속을 잡아 나가기도 하고, 인터넷으로 직업에 대해 검색해 보기도 하고…. 사소한 것부터 정리하다 보면 앞으로 무엇을 해야 할지 그리고 무엇을 하고 싶은지 생각이 날 것 같았고 그러면 나의 후유증도 점점 아물 것 같았다.

그렇게 하루하루를 보내던 중 문득 팬미팅이 떠올랐다. 코로나 19가 시작되면서 팬분들을 마주할 기회가 적어졌고, 작은 화면으로만 만나 아쉬워하던 팬분들과 "우리 꼭 대면으로 만나자"고 약속했던 게 생각났다. 관둘 땐 관두더라도 나의 시간을 함께해 줬던 소중한 사람들에게 웃으며 인사를 나누고 싶었고 약속도 꼭 지키고 싶었다.

팬미팅을 기획하고 진행하는 과정은 무척 힘들었지만 바빠지게 되니 한결 마음이 편해졌다. 홀로 선다는 건 그런 거였다. 작별의 인사도 오롯이 혼자 준비해야 하는 것.

연예인이 되고, 한 그룹의 멤버로 있으면서 혼자 어떤 일을 처음부터 끝까지 다 해볼 일이 없었던 것 같다. 그러다 보니 준비하는 과정이 쉽지는 않았지만, 지난 시간들을 함께해 준 많은 분들의 도움으로 무사히 마칠 수 있었다.

어쩌면 연예인이란 이름으로 팬분들과 만나는 마지막 날이 되었을지도 몰랐을 그날, 나를 보고 행복하게 웃음 지어주는 그분들이 정말 너무나 사랑스러웠다. 그 얼굴들 덕분에 앞으로 내가 뭘 하고 싶은지에 대해 어렴풋이 알게 되었던 것 같다.

팬미팅 이후 거짓말처럼 드라마에 캐스팅 되었고, 나는 내가 사랑하는 사람들 앞에 조금 더 설 수 있게 되었다. 무사히 촬영만 잘 끝나길 바랐던 드라마는 예상보다 더 큰 사랑을 받았고 나는 다시 꿈을 꿀 수 있는 용기를 얻었다.

과분하게 큰 사랑을 받은 만큼 감사한 마음을 담아 또다시 팬미팅을 준비하고 있다. 누군가를 응원하고 기다린다는 게 절대 쉬운 일이 아님을 잘 알기에, 나를 보러 귀한 시간을 내줄 당신에게 정말 큰 추억을 만들어드리고 싶다.

당신의 사랑으로, 응원으로 내가 용기를 얻었던 것처럼 나 또한 당신에게 더 큰 행복을 주는 사람이 되고 싶다.

잠시만
안녕

아쉬운 마음이 없었다면 거짓말이다. 아쉽고 또 아쉬워서 밤마다 꽃보다 남자 ost 중 하나인 〈아쉬운 마음인걸〉이란 곡을 들으며 정말 아쉬워했다.

살면서 나만의 힘으로 성과라는 것을 내본 적이 없었다. 학창 시절에도 무언가를 잘해서 상장 같은 걸 받아본 적도 없었고, 연습생 시절도 마찬가지였다. 데뷔한 후에도 마찬가지였다. 그동안 나는 내 인생에서 좋은 성적표를 받아보지 못했다. 결과와는 별개로 그 시간들로 인해 돈 주고도 사지 못할 엄청난 인생 경험을 쌓을 수 있었고, 덕분에 단단한 사람이 되었다. 그것만으로도 충분하다고 생각했는데, 난생처음 좋은 결과를 얻으니 엄청난 성취감을 느꼈다.

그동안 활동했던 시간들이 절대 헛된 시간이 아니었다는 것을 나 자신에게 증명한 느낌이라 정말 행복했다. 하지만 한편으론 조금 더 나라는 사람을 알릴 수 있는 기회를 얻었는데 그 기회를 포기하고 잠시 물러나야 한다는 사실이 속상하기도 했다. 주변에서도 축하한다는 연락과 함께 아쉽다는 말을 했는데, 비슷한 이야길 수십 번 듣게 되니 나도 괜히 더 아쉬워졌다.

날짜가 다가오면 다가올수록 불안감이 엄습했다. 2년이 채 안되는 시간이긴 하지만 그 시간 동안 모든 게 다시 사라지면 어떡하지?란 걱정과 불안함이 나를 덮쳤다. 한동안 깨끗하게 이별했던 잡생각들과 재결합하기 일보 직전이었다. 왜 하필이면 지금일까 하는 아쉬움과 불안함을 넘어 나중엔 분노와 원망까지 이르더니 결국엔 해탈하게 되었다.

모든 감정을 다 겪고 나니 그런 생각이 들었다. 지금 나의 상태나 실력으로는 아무리 좋은 기회가 또 오더라도 못 잡을 수 있으니 하늘에서 다시 연습생으로 돌아가 찬찬히 준비할 시간을 주신 거라고 말이다. 모든 건 결과론적이지만 그런 마음을 먹으니 거짓말처럼 기분이 괜찮아졌다.

오히려 긍정적인 기운마저 들었다. 그렇다고 아쉬운 마음이 깨끗하게 사라진 건 아니었다. 사라진 줄 알았다가도 어느새 불쑥 아쉬움이 고개를 내밀어 괜히 싱숭생숭하기도 했다. 그렇지만 날 사랑해 주신 마음에 보답하기 위해서는 주어진 이 시간에 나의 부족한 부분을 메꾸고 발전시켜야 한다고 생각했다. 더 나은 모습을 보여드리기 위해 열심히 수련하자고 다짐했다.

그렇게 마음먹자 팬분들과 잠시 이별하게 된 서운함보다 다시

만날 날에 대한 기대감이 더 커졌다. 그래서 그동안 배우고 싶었던 것들을 배우고 연습하며 다시 연습생이 된 마음으로 하루하루를 보냈다. 중간중간 힘이 들 때면, 여전히 변치 않고 사랑을 보내주는 팬분들을 생각하며 마음을 다잡았다. 그사이 감사하게 상도 받았고, 여러 기념일을 축하하다 보니 시간이 무섭게 훌쩍 지나버렸다. 한동안 주변에서 내게 많이들 아쉽겠다며 안타까워했지만 이제 와 돌아보면 아쉽다기엔 너무 많은 것을 얻었고 또 받았다. 나를 지탱해 준 이들에게 다시 안녕 하고 인사할 날이 머지않은 것 같다.

봄이 싫었던
이유

　나는 사계절 중 여름을 가장 좋아한다. 그리고 가장 싫은 계절을 꼽으라면… 그건 항상 봄이었다. 나는 여름 특유의 뜨거운 분위기와 싱그러움, 여름의 소리들을 좋아한다. 소음이 아무리 심한 날이어도 여름은 그게 조금 덜 심하게 느껴진달까. 아이들이 떠드는 소리, 공사장의 뜨거운 소리, 벌레 우는 소리, 바닷물 소리 등등.

　특히 편의점 앞 테라스에 앉아 맥주 한 캔을 마시며 맡는 모기향 냄새를 참 좋아한다. 다리나 팔이 모기 밥이 되어도 그것마저 운치 있달까? 그렇다고 벌레를 좋아하는 건 아니다.

　또 다른 계절인 가을은 선선한 분위기가 있어서 좋고, 겨울은 포근함과 캐롤이 울려 퍼지는 연말 분위기가 좋다. 그런데 봄은… 그나마 좋은 것을 꼽자면 긴소매에 반바지를 입을 수 있다는 점?

봄 날씨를 좋아하는 사람도 많지만 나는 애매하게 춥지도, 덥지도 않은 그 날씨가 싫었다. (비염이 심해지는 것도 싫다.) 그렇지만 무엇보다 가장 싫은 점은… 나이를 한 살 먹고, 진짜 새해가 와버린! 그 새로운 느낌이 싫다. 연말 분위기는 늘 들떠 있고, 연초인 1월과 2월은 정신 없이 흘러서 괜찮지만 이상하게도 유독 3월만 되면 '아, 진짜 나이를 한 살 더 먹었구나'하는 생각이 스친다.

안 그래도 내 머리가 슬슬 나이를 한 살 더 먹었다는 것을 인지하고 있는데 마침 길거리에도 '새 학기!' 등의 문구들이 보여서 정말 새해가 된 느낌이 든다. 그래서 괜히 봄이 얄밉고 싫은 것 같다. 물론 이렇게 말한다고 정말 싫은 건 아니지만… 괜히 기피하게 되는 사계절 중 하나랄까?

하지만 다가올 봄은 빨리 오면 좋겠단 생각을 한다. 싱그러운 여름도, 선선한 가을도, 포근한 겨울도 아닌 봄을 기다리고 있다. 앞으로 남은 계절들이 지나고 나면 결국 봄을 만나게 되겠지만 2023년의 봄만큼은 조금만 일찍 와주면 좋겠다.

비 오는
날

오늘은 4월의 봄비가 내리는 날이다. 어제 새벽부터 내리던 비를 보니 괜히 센티한 마음이 든다. 은은한 물비린내를 풍기며 빗소리만 가득한 거리도 좋다.

딱히 책에서 읽은 것도 아니고, 누구에게 들었던 말도 아니지만 내가 경험한 시간들로 깨달은 게 있다. 조금 쑥스럽지만 한 줄로 정리하자면, '사람은 후회하고 자책하고 또 그것들을 계속 반복하며 살아간다'는 거다. "그때 이렇게 말할걸", "내가 왜 그런 말을 했지?" 등의 일상 속 사소한 자책들 말이다. 후회가 한참 반복되면 그것마저 무뎌져서 후회했던 기억까지 미화되기도 한다.

원래도 하늘 보는 걸 좋아하던 나였지만, 앞으로는 습관처럼 더 자주 하늘을 바라볼 것 같다. 하늘만 봐도 괜시리 눈시울이 붉어진다는 게 무슨 말일까 했는데 이제야 이해가 된다. 과거의 일

들과 추억들은 시간이 흐를수록 색이 바래지지만 그만큼 더 예쁜
색을 덧입혀 아름다운 기억이 되기도 한다. 후회하고 자책했던
기억들마저도 말이다.

사람은 누구나 추억 여행을 좋아하니까 나 역시 앞으로 더 많
은 것들을 추억하고 기억하고 싶다. 지금 바라보는 우리 집 창문
밖의 풍경까지도….

원래도 하늘을 보는 것을 좋아하던 나였지만.

여름이 끌리는
이유

여름이 좋은 이유는 많다. 매미가 우는 소리와 뜨거운 태양에 지져지고 있는 땅바닥, 여름 특유의 싱그러운 향기 등등.

물론 먹던 음식과 음료를 잠시만 방치해도 성실하게 날파리가 생겨나고, 나름 바람이라고 부는 바람은 거의 온풍기 수준이고, 모기부터 온갖 벌레들이 진화하는 것도 여름이지만!

잠깐이라도 한눈팔면 모기에 온몸이 물려 가렵기도 하고, 잘 때는 윙윙거리는 모기 소리에 잠도 깨고, 아이스크림을 사면 금방 녹아 손을 끈적이게 만드는 여름이지만!

심지어 손만 끈적거리는 게 아니고 강렬한 햇빛에 온몸을 땀으로 샤워시키고, 습기와 함께 태풍, 장마까지 데리고 오는 여름이지만!

그래도 난 여름을 가장 좋아한다.

강력한 단점들도 많지만 여름을 좋아할 수밖에 없는 이유를 좀 더 꼽자면, 모기향 냄새와 함께 마시는 시원한 맥주, 아이스크림과 빙수를 먹으면 으스스해지는 관자놀이, 반바지를 입어도 누구든 인정하는 그 뜨거운 날씨까지 내겐 좋은 것들투성이다.

무엇보다 여름은 해가 길다는 게 제일 좋다. 해가 뜨고 지는 시간이 길다 보니 다양한 색감의 풍경을 오래 볼 수 있는 것 같다. 지금도 귓가에서 모기가 윙윙 날아다니고 있지만, 그래도… 여름이 좋다!

눅눅함
퇴치법

무더운 여름이란 놈은 눅눅함이란 악명 높은 필살기를 가지고
있다. 아마 동화《헨젤과 그레텔》속 '과자 집'도 여름 날씨엔 절
대 무사하지 못했을 것이다.

맨발이 닿는 바닥은 물론이요, 이불과 베개까지 먹다 남은 과
자마냥 눅눅해진다. 안 그래도 습한데 비라는 무기까지 여름이란
놈에게 쥐어진다면? 사람의 마음까지 눅눅하게 만들어버린다. 눅
눅해진 마음에 우중충함까지 더해지려고 하면 나는 나만의 방식
으로 방어술을 펼친다.

먼저 눅눅한 이불을 단단하고 산뜻하게 만들어줄 에어컨 혹은
선풍기를 틀고, 습기에 지친 몸을 깨끗하게 씻는다. 그러고는 좋
아하는 영화를 재생시킨 뒤, 볼륨을 줄인 채 엎드려서 빗소리와
영화 소리를 눈 감고 즐긴다. 보통 이미 여러 번 봤던 영화를 틀기

때문에 소리만 들어도 어떤 장면일지 눈앞에 펼쳐지다가 스르륵 잠이 들고 만다.

그렇게 한숨 푹 자고 일어나면 눅눅해졌던 마음은 배고픔과 허기짐으로 바뀌어 있고, 눅눅하고 흐물거리던 나의 과자 집은 당장이라도 냉방병에 걸려도 이상하지 않을 만한 얼음 동굴로 변해 있다. 마지막으로 습기는 온데간데없이 증발해 버린 침대에 누워 배달 음식을 시키면 끝! 이렇게 내가 좋아하는 것들로 눅눅함을 물리친다.

만약 헨젤과 그레텔의 과자 집이 여름 날씨에도 무사했다면, 그 이유는 마녀가 자신이 좋아하는 방법으로 눅눅함을 이겨내서 이지 않을까?

바삭한 이불에 누워 있자니 나뿐만 아니라 모든 사람들의 여름날이, 마음이 눅눅하지 않고 뽀송하면 좋겠다.

장마

    분명 딱 1년 전까지만 해도 장마철을 굉장히 좋아했다. 하루종일 들리는 빗소리와 비릿한 비 냄새 덕분에 낮에도 밤에도 감성에 젖는 게 좋았다. 그리고 가끔은 창밖의 빗소리를 들으며 드라마 속 남자 주인공이라도 된 듯이 고독에 잠기는 것도 좋았다.

    그리고 시간이 훌쩍 흘러 또다시 장마가 시작되었다. 장마 기간이 되었다는 건 본격적인 여름이 왔다는 이야기고, 1년 중 반이 훌쩍 지났다는 뜻이기도 하다. 시간이 빠르게 느껴지면 그만큼 나이를 먹은 거라고 들었는데, 올해는 정말 무서울 정도로 시간이 빠르게 가고 있다.

    곰곰이 왜 올해 장마는 지난 장마보다 좋단 생각이 안 들까 생각해 보다가 이제야 이유를 알게 됐다. 나도 모르게 글을 쓰다가 습관적으로 날씨 어플을 확인한 후, 제발 내일 출근길에 비가 내리지 않게 해주세요!라고 기도하고 있었던 거다. 그 모습이 꼭 운동회 전날 비 오지 않게 해달라고 빌던 어릴 적 나를 보는 것 같아서 문득 웃음이 났다.

우연히 만난
행운

　장마로 물든 일주일이었다. 오늘도 역시나 새벽부터 내리기 시작한 비는 오후까지 온 세상을 축축하게 적셨다. 맑은 하늘을 본 게 언제였는지, 장마가 1주일이 됐는지 2주일이 됐는지도 기억나지 않았다.

　얼마 전 영화 〈날씨의 아이〉를 보았는데 마치 그 세계에 들어온 것 같은 기분이 들었다. 비 오는 날을 싫어하는 편도 아니고 오히려 좋아하는 쪽에 속하는 나지만, 장기간 내리는 비는 마음을 울적하게 만든다.

　오래도록 내리는 비는 하늘에서 온 힘을 다해 사람을 센티하게 만들려고 하는 것처럼 느껴진다. 잿빛으로 물드는 거리, 울적한 노래들로 가득 채워진 플레이 리스트, 튀김류로 줄지어진 배달 음식 주문 내역 등….

오늘도 우중충한 날씨에 울적한 노래와 튀김으로 하루를 보내고 있었다. 그러다 조명이 아닌 자연광으로 내 주변이 서서히 밝아지는 것을 느꼈다. 무심코 비가 그쳤나 싶어 하늘을 올려다보았는데, 이게 웬 떡인지 무지개가 선명히 떠 있었다.

마치 전설의 포켓몬인 '칠색조'를 마주한 듯한 느낌이었다. 사람들은 걸음을 멈추더니 어른, 아이 할 것 없이 천진난만한 미소를 지으며 감탄했다. 동심 가득한 그 얼굴들이 무지개보다 훨씬 더 예뻐 보였다.

무지개는 비록 짧게 모습을 보인 후 사라졌지만 괜찮았다. 나는 소원을 빌었으니까!!!

이 사진을 보는 당신에게도 행운이 가득하기를.

따뜻하냥

산책을 하는데 우연히 길고양이 친구를 만났다. 바로 카메라를 들면 고양이가 놀랄 것 같아 고민하던 찰나, 어디선가 얼핏 들은 정보가 떠올랐다. 그래서 자세를 낮추고 조심스럽게 카메라를 들어 올린 후, '내가 널 담아도 될까?'란 생각을 담아 눈을 맞췄다. 진심이 통했는지 고양이는 제자리에 앉아 카메라 렌즈를 바라보기도 하고, 따라오라는 듯 천천히 걸어주기도 했다.

햇빛이 따뜻해서인지 일광욕을 즐기는 고양이를 보니 내 마음도 따뜻해졌는데, 정확히 10초 후 내 등이 따끔함을 넘어 뜨거워져 1초라도 빨리 집에 가고 싶어졌다.

바다

모래성을 만드는 아이들,
비치 발리볼을 즐기는 외국인들,
조심스럽게 바다에 발을 담그는 사람들,
튜브를 타거나 서핑을 즐기는 젊은이들.

그중에서도 가장 부러운 사람은…
시원한 맥주를 들이키는 아저씨.

아, 맥주 사러 가야지.

가을

봄은 따뜻하게 느껴지는 반면, 가을은 쓸쓸하게 느껴진다. 툭 건들면 부서질 것 같은 느낌이랄까? 여름의 눅눅함 공격에 고통받던 이불은 어느새 서걱서걱해졌다. 초록빛으로 풍성했던 가로수들은 다이어트라도 한 듯이 날씬해지기 시작했다. 코가 가렵다가 손과 얼굴이 건조해지고 이내 입술까지 트기 시작하면 비로소 가을이 왔음을 깨닫는다.

가을은 왜 쓸쓸함이 뒤섞인 느낌일까 생각해 보면, 얼마 남지 않은 올해를 저 낙엽들이 알려 주는 듯해서 그런 것 같다. 해는 점점 짧아지고 밤은 길어지고 낙엽은 떨어지고 공기는 차가워진다. 울긋불긋 잘 익었던 나뭇잎들이 낙엽이 되는 걸 보고 있자니, 올해도 얼마 남지 않았다고 그러니 잘 마무리하라고 가을이가 알려 주는 것만 같다.

냄새와
음악

누구나 자신의 추억을 불러일으키는 냄새와 음악이 있다. 슬픔의 농도가 너무 짙은 기억이라면 그걸 떠올리게 하는 냄새와 음악이 조금 고통스럽고 버거울 수 있지만, 오히려 마주하고 즐기다 보면 짙었던 슬픔이 한층 옅어져 개운해지기도 한다.

필름 카메라의
매력

　필름 카메라를 선호하게 된 계기가 있다. 벌써 몇 년 전, 우연히 한 팬분께 자동 필름 카메라를 선물받았다. 당시 SNS엔 필름 카메라로 찍은 오묘한 색감의 사진들이 유행하고 있었다. 나 또한 막연하게 필름 카메라를 하나 장만해 볼까 생각만 하고 있었는데 마침 팬분께 선물을 받게 된 거였다. (그러고 보면 연예인과 팬의 관계는 취향까지 닮아가는 것 같다.)

　낚시를 즐기는 사람들은 손맛 때문에 낚시에 푹 빠진다는 이야기를 들었는데 딱 내가 그랬다. 필름 감기는 소리와 함께 감길 때 손으로 느껴지는 그 떨림! 그리고 셔터를 누를 때 필름 소리와 함께 전달되는 그 손맛!

　사실 처음엔 여간 답답한 게 아니었다. 사진을 찍고 인화하기 전까지 결과물을 볼 수가 없으니 찍는 사람도 찍히는 사람도 그저 답답하기만 했다.

하지만 어떤 결과물이 나올지에 대한 기대와 궁금증이 싹트기도 한다. 마치 초등학교 문방구 앞 뽑기 기계에서 원하는 장난감이 나오길 바란다거나, 디지몬 빵 안에 좋아하는 스티커가 있기를 바라는 감정과 매우 닮았달까?

현상소에 맡긴 첫 필름의 결과물은 상당히 오묘했다. 서툰 실력에 초점이 나가거나 흔들린 사진들이 많았다. 사진의 완성도와는 별개로 필름 카메라의 매력은 운명처럼 느껴졌다. 디지털로는 표현하기 힘든 그 색감과 느낌. 그리고 빠질 수 없는 손맛!

지금은 필름 카메라와 디지털 카메라를 함께 들고 종종 출사를 나가고 있다. 역시 편한 건 디지털 카메라지만 필름 카메라의 '손맛'은 절대 따라갈 수 없다. 그래서 나는 또 필름 카메라를 들고 밖으로 나간다. 어떤 사진이 나올지 기대하며….

드르르르륵… 지잉 착!

기억
남기기

기억은 시간이 흐를수록 색이 바래다가 점점 흐릿해진다. 스치듯 지나간 소소한 기억은 빠른 속도로 색이 바래 사라지지만, 강렬하게 느꼈던 행복이나 슬픔 등의 감정들은 그만큼 진한 색으로 오랫동안 기억 속에 머무른다.

기억은 마치 청개구리 같아서 유독 힘들었거나 창피했던 일들은 아무리 지우려고 노력해도 잘 지워지지 않는다. 반면 정말 행복했던 기억들은 마치 꿈처럼 서서히 뿌옇게 흐릿해진다.

나는 사진에 대해서 딱히 흥미도 없었고 크게 관심도 없었다. 오히려 카메라 앞에 서기만 하면 얼굴은 딱딱하게 굳었고 입꼬리는 경련이 나서 늘 힘들었다. 엄마는 "남는 건 사진뿐이야"라고 늘 말씀하셨지만, 그땐 그 말의 의미에 대해 전혀 이해하지 못했다. 누군가 날 위해 해준 말은 내가 겪고 나서야 비로소 그 의미를 깨

닿게 된다. 사진에 관한 엄마의 말도 마찬가지였다.

　연습생이 된 이후 카메라와 친해지는 시간을 오랜 기간 가졌음에도 카메라에 대한 관심은 커지지 않았다. 정말 무료하고 유독 지루했던 날이었다. 얼마나 축 처지는 날이었는지 뭐라도 해야 할 것 같아 휴대폰 앨범에 들어가서 옛날 사진을 하나하나 넘기며 정리하고 있었다. 신기했다. 분명 잊고 지냈던 순간이었는데 사진 한 장으로 인해 그때의 공기와 냄새 그리고 소리까지 또렷하고 선명하게 되살아났다. '이땐 뭐가 그렇게 힘들었을까? 나 진짜 잘 견뎠네'란 생각이 들며 자연스럽게 나 자신을 대견해하고 있었다.

　당시엔 정말 힘들어서 죽을 것 같았는데…. 하지만 견뎌내고 지나고 나니 생각보다 아무것도 아니었다. 너무 버겁고 힘들었던 감정들도 시간이 흘러 색이 바래지면 되새길 수 있는 추억이 된다는 걸, 나의 시간을 함께했던 사람들과 그때를 추억할 수 있다는 걸 느꼈다.

　역시 어른들 말씀 틀린 거 하나 없다더니. 남는 건 사진이라던 엄마의 말씀이 맞았다. 지루하기만 했던 그날이 아니었다면 사진과 공감하고 만나는 데 상당히 오랜 시간이 걸렸을지도 모른다. 앞으로도 지금처럼 궂은 날이든, 바삭한 날이든, 맑은 날이든 나의 모든 날들을 사진으로 기록하고 기억하고 싶다.

기억을
남기며

누군가 내게 연예인이란 직업의 장점을 묻는다면 고민 없이 '저 때의 박서함은 도대체 무슨 생각으로 저런 생각과 행동을 했는가'라고 답할 것이다.

그때는 대체 내가 무슨 생각으로 그런 행동을 했는지 이해할 수 없어 후회하며 보지 못하는 영상들과 사진들도 분명히 존재한다. 하지만 그날의 내가 사진과 영상으로 기록된다는 건 이 일의 정말 큰 장점이다.

긴 공백기를 가지게 된 어느 날이었다. 답답함의 연속이었던 그 시절, 나에게 큰 위로가 되어주었던 건 팬분들이 손수 촬영해 준 사진과 영상들이었다. 그것들을 보며 잠드는 것이 하루의 가장 큰 낙이었다.

그날도 여느 때처럼 팬분들이 찍어준 영상을 보다가 문득 말도 안 되는 일이란 생각이 들었다. 출사를 나간다는 건 생각보다 어려운 일이다. 절대 쉬운 일이 아니다.

"사진? 그냥 찍으러 가면 되잖아!"라고 편하게 생각할 수도 있지만, 비가 내리는 날엔 비가 내린다는 이유로 미루고, 추운 날엔 춥다고 미루고 또 더운 날엔 덥다고 출사를 미루게 된다. 집 앞 편의점을 간다거나 쓰레기를 버리러 가는 일도 굉장히 귀찮을 때가 있지 않은가? 출사를 나가려면 장비를 다 챙겨서 나가야 하기 때문에 마음먹는 게 여간 힘든 일이 아니다. 막상 출사를 나간다면 신나게 찍긴 하지만.

아무튼 내 모습이 담긴 사진들과 영상들은 비가 내리는 날, 궂은 날, 더운 날 상관없이 많은 날들이 기록되어 있었다. 나의 모든 순간이 팬분들의 고사리 같은 손에 기록되어 있었던 거다. 출사가 쉽지 않다는 걸 잘 알기에 팬분들의 이 기록을 절대 당연하다거나 쉽게 생각하지 않으려고 한다.

내가 사진을 찍고 찍히는 일 모두 사랑하게 된 건 모두 팬분들 덕분이다. 이 기회를 빌려 감사하고 사랑한다는 말을 책에 꼭 기록하고 싶었다.

정말 감사합니다.

변하지
않는 것

오랫동안 사귀었던 정든 내 친구를 만나러 갔다. 많은 것들이 너무나 빠르게 변하는 세상이다 보니 혹시나 네가 이사를 갔을까 걱정도 됐지만 다행히 넌 여전한 모습으로 그 자리를 굳건히 지키고 있었다. 네 특유의 냄새도 그대로 품은 채.

반가운 마음에 예전처럼 너와 놀고 싶어져 네 위로 올라갔다. 오랜만에 네게 앉으니 내가 타면 다친다고 경고하듯 끼익 끼익 요란한 소리가 들렸다. 태양보다 더 뜨거운 주변 할머니들의 눈초리도 느껴졌다.

변함없이 이 자리를 지키던 네가 나의 커진 엉덩이로 인해 혹시나 망가질까 봐 걱정이 되어 포기하고 내려왔다. 할머니들의 눈초리 때문은 절대 아니었다.

쪼그려 앉아 너와 마주보자 할머니들의 귀여운 수다 소리가 들려왔다. 정말 과거로 다시 돌아간 것 같은 느낌이 들었다. 세월의 흔적으로 아주 조금 낡아진 것 말고는 그대로인 널 보니 괜히 기분이 좋아졌다.

친구야! 나도 많이 컸지?

스승의 은혜는
하늘 같아서

    정말 중요한 미팅을 앞두고 한 통의 전화가 왔다. 류승수 선배님이셨다. 내가 긴장감과 부담감에 허덕이는 걸 아셨는지 먼저 연락을 주셨다. 평소에도 자주 연락하며 이야기를 나누던 사이였지만, 오늘처럼 선배님의 전화가 반가울 수 없었다.

    미팅을 앞뒀다는 이야기를 전해 들으셨다며 내게 만자나고 제안하셨다. 태풍의 영향으로 강한 바람에 비까지 내리던 밤, 한 카페에서 선배님을 만났다. 그러고는 조용히 현재 고민에 대해 털어놓았다. 선배님께 조언을 들으니 불안하던 마음이 점점 안정됐다.

    나의 잔잔해진 마음과 달리 날씨는 점점 더 안 좋아져 비가 퍼붓기 시작했고, 우리는 자리를 옮기기 위해 차에 탔다. 나는 목적지도 모른 채 차에 올라탔고, 선배님은 어디론가 향하셨다. 한강이었다. 차 스피커에선 Coldplay의 〈Fix You〉가 흘러나오고 있었다. 한강을 보며 이런저런 조언을 듣고 대본 공부를 함께 하는 이 시간이 정말 소중했다.

사실 '난 꼭 발전해야 하고 무조건 늘어야만 해'라는 생각에 1년 넘게 레슨을 받았고, 어느 순간 레슨을 통해 꼭 발전해야 한다는, 조금이라도 나아져야 한다는 강박에 사로잡혀 있었다. 내가 보았을 때 연기를 못 한다고 느껴진 날이면 끝없이 나를 질책하다가 잠들곤 했다.

그런 내 모습을 아신 것처럼 선배님께서 "연기랑 수업은 재밌어야 하는 거야. 네가 재밌어야 해. 그러니 조금 내려놓아"라고 말씀하셨다.

선배님과 대화를 나눈 후 한강에서 집까지 걸어가며 찬찬히 생각을 정리했다. 오히려 내가 나를 더 힘들게 한 건 아닌지, 좋은 긴장이 아닌 나쁜 긴장만 하고 있던 건 아닌지 말이다. 집으로 걸어오며 차분히 지난 시간들을 돌아보자 조금은 내가 나아가야 할 길이 보이는 것 같았다. 스승의 은혜는 하늘 같다더니 태풍이 오던 밤, 류승수 선배님은 진짜 하늘 같았다.

텔레토비에 나오는 아기 태양처럼….

밤

밤은 길게 느껴지기도 하고 짧게 느껴지기도 한다. 빨리 이 밤이 지나 내일이 오기를 바라는 날도 있고, 부디 이 밤이 끝나지 않고 계속 되기를… 내일이 오지 않기를… 바라는 날도 있다.

다음 일상이 시작될 새벽을 원망하기도 하고 기다리기도 한다.

맑아 맑아
Dance

비 오는 마음을 파도에 휩쓸려 보냈더니 맑게 개기 시작했다.

최신
유행

요즘 MBTI가 최신 유행인 듯하다. (어쩌면 최신까진 아닌지도 모른다.) 내가 몇 마디만 꺼내도 MBTI를 맞히려는 질문들이 쇄도한다. 마치 해리포터 영화 속 잘못된 마법을 사용해서 청문회에 불려가 심문을 당하는 느낌이랄까.

미안하지만 난 최신 유행이라는 MBTI를 믿지 않는다. 얼마 되지도 않는 유형으로 사람 성격을 딱 결론짓는다는 게 도통 이해가 되지 않는다. 검사 결과지에 빽빽하게 적힌 말들에 나의 성격을 끼워 맞추는 것만 같다.

그래서 나는… 혈액형을 믿는다.

나는 B형이다.

살면서 제일 많이
들었던 말

윗 공기는 맑아요?
└ 똑같아요.

키 크는 비결 알려 주세요.
└ 우유 급식 남는 걸 다 마시기도 했고, 간식으로 볶은 멸치를
먹기도 했고, 시금치를 굉장히 잘 먹기도 했지만… 가장 큰 비결
이라면 역시 할머니의 사랑이 담긴 '지렁이 즙?'

나 3cm만 주라.
└ 줄 수 있으면 진짜 주고 싶구나.

경쟁

경쟁을 즐기는 편은 아니다. 오히려 기피하지. 경쟁 속에서도 항상 내 편을 찾기 바빴다. 삭막한 경쟁터에서 누군가 내 옆에 있다는 자체만으로도 위로가 되었으니까.

반드시
오는 것

친구가 힘들 때 내게 고민 상담을 하면 늘 해주는 말이 있다. 힘든 일과 행복한 일은 공평하게 번갈아 가며 오는 것 같다고. 사실 공평하지 않을 수도 있다. 힘든 일 다음에 더 힘든 일이 올 수도 있고 행복한 일 다음에 또 행복한 일이 올 수도 있다.

나는 힘든 일이 반복돼 지치고 위태로운 마음이 들 때면, 시간이 조금 걸리더라도 행복한 일은 무조건 온다고 생각하는 편이다. 힘든 일이라는 놈이 내게 꼭 붙어서 금방 떨어지지 않는다고 해도, 꾹 견뎌서 엔젤몬으로 멋지게 진화한 파닥몬처럼 결국 달콤한 행복이 찾아올 거라 믿는다.

만약 당신에게 행복이 찾아왔다면, 그 달달함을 꼭 즐겼으면 좋겠다.

무기력
몬스터

기대라는 마음을 아예 상실했던 때가 있다. 자신감 있게 세웠던 목표가 내 기대보다 못한 결과로 돌아왔을 때, 나의 목표는 자연스럽게 낮아지기 시작했다.

내려갈 대로 다 내려가 이젠 더 내려갈 곳도 없던 때였다. 새로운 방향을 설정하는 것도 그때의 나에겐 피하고 싶은 과제 같았다. 당시의 난 누군가 건네는 고마운 칭찬마저 쑥스러움으로 포장해 순수하게 받아들이지 못했다.

그렇게 나는 피곤한 마음을 달래겠다는 핑계로 더 이상 어떤 것에도 기대하지 않고, 기대감을 꽁꽁 숨겨두었다. 기대를 버리니 부담감이 사라지고, 세워둔 목표를 달성해야 한다는 압박감도 사라졌다. 부정적인 소음으로 가득했던 마음이 편안해졌다.

다만 기대가 없어지니 자연스럽게 목표와 성취감, 의욕마저 사라졌다. 고요함도 잠시 부정적인 소음은 다시 나타나 이전보다 더 많은 마음속 소음을 만들어내기 시작했다. 소음에 휩싸여 피곤해진 나는 무기력이란 몬스터를 만들어 내 마음을 지키기 시작했다.

나의 무기력은 그렇게 시작되었다.

무기력을 피하는 방법

    무기력, 어떠한 일을 감당할 수 있는 기운과 힘이 없다는 뜻이다. 사실 사전을 찾아볼 필요도 없이 말 그대로 기력이 없는 상태가 무기력이다. 단순하지만 그 단순함에서 나오는 힘은 정말 강력해서 내 기력을 쏙 빼앗는다.

    나도 무기력이란 감정형 몬스터를 마주한 적이 있다. 무기력은 감기처럼 명확한 증상이 나타나지 않아 오히려 사람을 헷갈리게 만든다. '그냥 피곤한 건가? 워낙 눕는 걸 좋아해서 그런가? 오늘은 유독 더 귀찮네….'라든가 등등.

    일상에서 매번 겪었던 피곤함과 귀찮음, 지루함까지 서서히 내 몸을 지배한다. 당연히 이 모든 것들은 살면서 많이 겪어온 감정들이다. 이미 내게 낯설지 않고 익숙한 증상들(감정)이기 때문에 이들은 점차 서로 합체해 무기력이란 거대한 몬스터로 진화한다.

마치 만화 〈디지몬 테이머즈〉에서 레오몬을 잃고 점점 어두워지는 주연이처럼? (이런 사람이라 미안합니다.)

낯설지 않았던 피곤함은 점차 극에 달하고 조금만 움직여도 잠이 쏟아지는 지경까지 간다. 이런 상태였는데도 나는 내가 무기력증이란 걸 인지하지 못했다. 몰랐으니까….

손가락 하나 움직이기도 힘들고, 그런 나 자신이 한심하고 못나 보여서 밖에 나갈까 생각도 해보지만 마음처럼 되지 않는다. 이런 감정과 고민이 반복되다 보면 〈디지몬 테이머즈〉의 주연이를 친구들이 구해줬던 것처럼 마음속에서 날 구하려는 용사의 외침이 들려온다.

그동안 겪어 온 귀찮음, 지루함, 피곤함, 우울함 같은 것들이 가벼운 증상이 아니란 것을 비로소 몸도, 마음도, 나도 알아차리게 된 것이다. 그렇다고 억지로 나서서 무엇을 더 하려고 하진 않았다. 어떻게 보면 무얼 할 힘이 그땐 없었던 것도 같다. 그저 묵묵히 그동안 쌓였던 피로를 풀어주란 신호구나… 하며 버텼다.

내가 버티는 방법은 단순했다. 지금 이렇게 늘어진 시간들을 한심하다고 생각하지 않는 것이었다. 금 같은 하루가 허무하게 가버려 잠이 들기 전, 무기력증을 키우는 잡생각이 날 공격해도 '오늘은 청소를 했잖아. 오늘은 마트를 갔잖아?' 하며 생각을 비웠다.

내가 자진해서 날 한심한 사람으로 만들지 않아야 했다. 억지로 뭘 하려고 할수록 힘겨웠고, 그걸 하지 못한 날 한심하게 봐야만 했다. 그래서 지금 이 시간을 '재충전의 시간'이라고 생각하며 하고 싶었던 것들을 '하나씩' 했다.

사진이 찍고 싶으면 사진을 찍고, 먹고 싶은 게 있으면 먹고, 친구가 보고 싶으면 보러 가고…. 그렇게 아주 천천히 무기력증이란 전기장판에서 빠져나왔다.

물론 지금도 가끔 무기력한 기분과 지겨운 감정들이 나를 찾아온다. 그러면 밀린 원고와 마감 날짜를 본다. 그러면 무기력증은 온데간데없이 사라지고 자판을 두드리는 나만 존재한다.

나름 만병통치약을 찾은 것 같다.

외로움이
자라나서

　혼자 산다고 하면 외롭지 않냐는 질문을 많이 받는다. 일과를 마치고 집에 돌아갔을 때, 어두운 집을 보면 공허하거나 외롭지 않느냐고. 하지만 나는 오히려 빨리 집에 가서 내 온기로 사랑스러운 나의 집을 따스하게 데워주고 싶기만 하다.

　물론 나도 사람인지라 당연히 외로움이나 공허함을 느끼지만 난 그 감정들에 생각보다 무딘 편이다. 언제부터 이랬는지 정확히 답할 수는 없지만, 아주 어릴 때부터 외로움에 익숙해진 것 같다.

　어린 시절, 부모님이 굉장히 바쁘셨기 때문에 이른 아침과 늦은 밤 또는 주말에나 부모님과 하루 종일 있을 수 있었다. 그러다 보니 〈포켓몬스터〉나 〈디지몬〉 등의 만화에 더 빠질 수밖에 없었다.

누군가 이런 이야기를 들으면 어린 아이가 혼자 집에 있었다는 것에 대해 속상하게 느낄 수도 있지만 오히려 혼자서 집을 지키는 내가 어른 같기도 하고, 영웅이 된 것 같아 뿌듯하기만 했다.

심지어 좋아하는 만화를 실컷 볼 수 있어서 좋았다. 어쩌면 그때 나의 외로움은 기철이와 기영이 등 여러 만화 캐릭터들이 물리쳐주지 않았나 싶다.

하교 후 숙제를 하고 만화를 보다가 잠드는 게 일상이었다. 부모님은 그런 나를 침대로 옮긴 후, 볼과 이마를 쓰다듬어 주셨다. 잠결에 느껴지는 사랑 담긴 그 손길이 너무 좋아서 혼자 보내는 시간도 충분히 달콤했다.

그런 시간이 켜켜이 쌓여 외로움에 대한 저항력이 단단하게 자라났다. 너무 크고 힘든 외로움과 공허함은 버티기 힘들 수 있지만, 그래도 감정에 함부로 휩쓸리지 않고 조금은 무덤덤하고 차분하게 혼자만의 시간으로 털 수 있는 노하우가 생긴 것 같다.

잉크

잘 나오던 펜이 갑자기 나오지 않을 때가 있다. 분명 잉크는 충분한데 그려지던 선들이 흐려지더니 결국 자국만 남긴다. 꼭 그 모습이 사람의 마음과 닮은 것 같다. 처음엔 진한 선들을 그려내다 못해 잉크가 넘쳐흐르지만, 서서히 시간이 갈수록 잉크 색도 점차 흐려지더니 결국 나오지 않는 경우가 번번이 있다.

펜의 잉크를 마지막 한 방울까지 다 쓰는 것처럼 마음도 한 톨의 후회 없이 다 써버릴 수 있다면 얼마나 좋을까. 하지만 잉크를 마음대로 조절해서 깔끔하게 쓴다는 건 굉장히 힘든 일이다. 누군가에게 내 잉크를 다 내어준 적도 있지만 돌아오는 건 그게 당연함이 되어버린 관계였다. 반대로 나 역시 누군가 내게 선물한 소중한 잉크를 당연하게 받아들여 상처를 준 적도 있다.

소중함은 말 그대로 소중함이다. 당연하게 느끼는 순간, 그 소중함은 순식간에 사라지고 만다. 마치 아끼던 펜이 갑자기 수명을 다하는 것처럼 말이다.

잃고 나서야 크게 느껴지는 그 마음을 당연하지 않게 여길 수 있도록 늘 감사함을 느끼며 살아가고 싶다. 내 마음의 잉크가 최대한 마르지 않도록.

착함의
정석

과거엔 착하다는 말을 듣는 게 참 좋았다. 누군가에게 못됐다고 말을 듣는 것보단 착하다는 말을 듣는 쪽이 훨씬 나으니까 말이다. 그러다 문득 착함의 기준에 대해 깊게 생각해 본 적이 있다. 착하게 산다는 건 과연 무엇인지, 내가 했던 행동들이 정말 착했던 게 맞는지, 착하다의 정의는 과연 무엇일지.

수많은 생각 끝에 내가 내린 결론은 착함이란 결국 상대방을 배려하는 마음이란 거였다. 착하게 살고 싶었고, 또 착하게 살려고 열심히 노력했지만 살아가다 보니 착한 게 정말 100% 장점이 맞는지 고민됐다. 그래서 그동안 무조건 칭찬으로만 생각했던 착하단 말이 과연 칭찬이 맞나 의문이 들었다.

어떤 말을 들었을 때 상대방이 혹시나 불편할까 싶어 괜히 따지지 않고, 웃고 넘긴 경우가 있었다. 나는 함께 있던 사람들에 대한 배려의 행동이었는데 이런 일이 쌓이다 보니 나의 배려는 당연하게 생각되었고, 내 앞에 '만만함'이란 수식어를 가져다주었다. 처음엔 뭐가 잘못된 건지도 파악이 안 돼서 나를 더 돌아보기도 했다.

상대방에게 상처를 줄 것 같아 말을 참았던 게 배려심이 아니라 멍청함이 될 수도 있고, 그 행동으로 인해 내 마음에 염증이 생겨 넘쳐흐를 수도 있다는 걸 알았다.

나조차 상대방의 마음만 신경 쓰고, 정작 내 마음은 잘 들여다보지도 돌보지도 않았던 거였다. 내가 지금 어떤 상태인지 신경도 쓰지 않은 채 무작정 상대방만 위하려고 했으니 마음에 염증이 생겨날 만도 했다.

그래서 바뀌려고 노력하고 있다. 전엔 혹시나 상처가 될까 말하지 못했던 불만을 털어놓기도 하고, 거절도 하면서 남을 배려하는 만큼 나 자신도 배려하려고 애쓰고 있다. 여전히 착한 사람이고 싶지만, 타인보다 스스로에게 가장 착한 사람이 되어주는게 얼마나 중요한지 잘 알았으니까 말이다.

박서함
단단함

내가 했던 선택이 실패했을 때, 그건 오로지 나의 몫이다. 실패를 자꾸 경험하다 보면 시간을 돌리고 싶다는 생각에 푹 빠지게 된다. 그때로 다시 돌아갈 수 있다면 이런 선택 혹은 이런 말은 절대 하지 않을 텐데! 하면서 말이다.

하지만 정말 과거로 다시 돌아간다고 해서 모든 선택에 후회가 없을 수 있을까? 다시 선택한 길이 원하지 않는 방향으로 흘러간다면 나는 또 시간을 돌리려고 하지 않을까?

맛있다고 찾은 음식점에서 만족하지 못한 식사를 한다거나, 메뉴를 잘못 선택했다고 후회하는 일 등은 살면서 빈번하게 생긴다. 모든 순간이 선택의 기로에 놓여 있는 것이다. 수많은 선택 속에서 같은 실수를 반복하기도 하고, 무조건적으로 맞다고 믿은 결정이 틀릴 수도 있다. 실패는 당연히 두렵고, 겪지 않아도 된다면 겪고 싶지 않은 풍파다.

그렇지만 실패가 꼭 상처만 남기고 훅 사라지는 건 아니다. 실패로 인해 아무리 큰 상처가 생겼다고 해도 시간이 흐르면 점차 아물게 된다. 그 자리에 흉은 살짝 남을지언정 더 단단해진 마음과 용기가 보상으로 남는다.

승패는 삶에 있어 너무나 중요하지만 이젠 한 발짝 물러서 보려고 한다. 결과에 대한 성적표를 받았을 때 내가 진심으로 후회하지 않고, 좋아할 만한 선택지로 향하기 위해서.

나만 놓으면
끝나는 관계라니

활동하면서 가장 가슴 깊게 파고든 말이 있다. 팬과 연예인의 관계는 '나만(팬이) 놓으면 끝나는 관계'라는 말이었다. 무슨 뜻인지 정확하게 이해가 되면서도 저 한 문장이 좋게 느껴지진 않았다. 저 말을 본 후 팬 한 분, 한 분을 더 기억하려고 노력했다. 수학 공식은 잘 못 외워도 팬분들의 이름은 기억하려고 노력했다.

모든 관계가 그런 것 같다. 꼭 연예인과 팬의 관계가 아니어도 한 사람이 손을 놓는 순간 인연이 끝나는 건 마찬가지다.

그래서 나는 끝까지 질척대고 꽁꽁 매달릴 생각이다.

우하하.

위로

활동하길 잘 했다는 생각이 들 때가 있는데, 그중 하나는 누군가 나로 인해서 위로받고, 힘을 얻었단 말을 들었을 때다. 각박하고 삭막한 세상을 사는 여린 사람들에게 위로와 힘이 된다니 얼마나 낭만적인가?

평소 말하지 못하던 고민을 내게 털어놓고는 고맙다고 말해주기도 한다. 내가 더 고마운데 말이다. 그런 이야기를 들을 때마다 "힘내"란 말보다 더 큰 단어가 있으면 좋겠단 생각을 한다.

뭐가 좋을까?

왕 힘내?

잊지 말 것

익숙함에 속아 소중한 것을 잊지 말자는 말이 있다. 맞는 말이다. 익숙해지면 소중한 것도 당연해지고, 그러다 당연함을 넘어서는 순간 소중한 것을 잃게 된다.

살면서 나도 소중한 무언가를 당연하게 여긴 적도 있고 그래서 잃어보기도 했다. 안정된 상태가 지속되면 그 역시 당연하게 생각되어 반대로 뭔가 새로움을 찾기도 한다. 안정감과 새로움 중 뭐가 더 좋고 나쁘다고 따질 순 없다.

다만 잊지 말아야 할 것은 소중한 걸 놓쳐선 안 된다는 것. 내게 건넨 소중한 마음을 당연하지 않게 여겨야 한다는 것.

단 100일을 앞둔
오늘의 감정

시간이 흘러 복귀하기까지 단 100일을 앞두게 되었다. 연초 혹은 연말이 되면 다들 시간 참 빠르단 말을 하는데, 난 2023년 3월이 지나면서부터 "시간이 왜 이렇게 빠르냐"란 말을 달고 살았다.

분명 너무나 기다린 날이고 그동안 날 기다려준 분들을 얼른 뵙고 싶은 마음도 컸지만 한편으론 걱정의 아이콘, 박서함답게 설레기만 하진 않았다.

감사하게도 1년 9개월을 정말 많은 사랑을 받으며 따뜻하게 보낼 수 있었다. 그 사랑이 얼마나 큰지 누구보다 잘 알기에 발전된 모습을 보여드리고 싶다는 마음과 함께 그로 인한 부담감도 매우 큰 상태다.

주변에선 마음을 조금만 가볍게 가지고 걱정 좀 그만하라고 하지만, 잡걱정 몬스터가 그리 쉽게 사라질 빌런은 아니었다. 그렇다고 걱정만 가득한 상태는 분명 아니지만, 많은 사람들을 만족시키고 싶다는 욕심이 잡걱정 몬스터를 부활시키지 않았나 싶다. 이 친구가 아니었다면 나는 분명 아무런 생각도 없이 허송세월을 보냈을지 모른다.

기다린다는 건 굉장히 힘든 일이다. 나조차도 배달 음식을 시킬 때면 5분이라도 빨리 도착하길 바라고, 조금 더 비싸더라도 배송이 빠른 로켓 배송을 애용한다. 그런데 나라는 사람을, 1년 9개월이 넘는 시간을, 우리 팬분들은 변함없이 기다려주셨다.

그동안 워낙 공백기가 긴 편이긴 했지만, 이번 공백기는 모두가 조금 더 힘들지 않았을까. (나의 착각일지 모른다.) 그래서 더 잘하고 싶다. 이제 정말 얼마 남지 않은 만큼, 멋지게 성장한 나를 보여드리고 싶다.

그러니 힘내자, 나야.

어느덧 마지막 페이지가 되었다. 글쓰기는 나에게 새로운 도전이자 감사한 기회였다. 그저 어렵게만 느껴졌던 일이었는데 막상 시작해 보니 훨씬 더 어려웠다. 처음 글을 쓰려고 문서 화면을 켰을 때, 얼마나 난감했는지 모른다. 한참을 깜빡이는 커서만 바라보았다. 생각처럼 글이 술술 나오지 않아 계획과 일정을 많이 바꾸기도 하고, 중간에는 슬럼프도 찾아와 한동안 키보드를 기피하며 멀리하기도 했다.

지난 사계절을 보내며 느껴왔던 감정들을 서툴지만 차곡차곡 풀어보고자 노력했다. 멋지게 쓰는 것보다는 정말 솔직하게 내가 느낀 있는 그대로를 쓰려고 했다. 그것도 쉽진 않았지만. 하나둘 글을 쓸 때만 해도 이 작업의 끝은 어디일까 싶었는데 이렇게 마지막 말을 건네려니 기분이 묘하다.

이 책을 펼치고 이 페이지까지 읽어 준 당신 덕분에 지난 시간을 버틸 수 있었다. 내가 쌓은 이 시간의 블록들을 즐거운 마음으로 하나씩 빼서 봐주시면 좋겠다.

이 글의 시작은 나보단 '너'를 위한 기록이었고, 이제는 우리의 기록이 되었다고 믿는다. 마지막으로 다음 책은… 30년 뒤 찾아뵙도록 하겠습니다. 감사합니다.

2024년 3월, 너를 위한 봄을 앞두고
박서함

사서함과의 기록

사서함에게 보내는 편지

잘 지냈어요! 오늘 우리가 드디어 만나는 날이네요. 여러분들의 그동안은 어땠어요?
저는 솔직히 기대도 되고 설렘도 되고 없는 생각들이 공존했던 것 같아요.
사랑의 세 마음 그걸 꾸준히 말씀 드리면, 정말 행복해요.
긴 여행을 마치는 집에 온 느낌 그건 그 많이 사랑으로 가득하는
반겨주는 소중한 사람들이 가득한 곳 느낌이다. 여긴 감사해서 감사함 하리면
진심으로 너무 감사합니다. 1년 9개월이란 긴 시간을 함께 기다려주고
마음을 응원해주고 또 마음에 귀한 시간을 내어 보러와주셔서 감사해요.
편지쓰는 몇년만에 처음 해보는 당신의 사는 시대라 선뜻 작성하며 긴장감이
나고 무엇에 대하여 앞으로 정면 선행과 행복이 가득 담겨서 빈 것 같습니다.
여러분! 누군가의 행복을 바라면 누군가도 생각하는 마음을 혼자서는 언
정말 힘든 일이 아니라는 걸 알아요. 오늘 추운 날씨에 이 먼 곳으로
저를 위해 찾아와주셔서 뭐라 어떤 보답을 해드려야할지 모르겠지만 그냥
제가 더 잘 할게요. 오늘 안의 방향도 하는 면에서 제가 실수를 했을라
모르지만, 정말에 대하면 감사했습니다. 여긴 얼굴도 서로 보내주셔서 감사하고
오늘도 날씨도 사랑 받아서 2024년 잘 마무리하도록 하겠습니다
감사하면 나중에 언젠가 어디서 힘든 일 없이 순탄한 행복으로
흐르며 힘든 일이 있더라도, 그 다음 좋은 일 찾아내서 서로 의지하며
잘 해집시다. 저는 힘을 내 가볼게요. 감사하고 사랑합니다!

2024. 9. 6

올해도 팬미팅이 벌써 끝이 났네요. 늘 기다림은 참 힘든데 만
행복한 순간들은 번개보다 빨리 지나가버리는 것 같아요.
지난 6년과 7년. 2년동안 정말 행복하긴 하지만 너무 빨리 지나가는게
여러분도 아쉬웠나요. 저는 어제도 그렇고 오늘도 그렇고
여러분들을 보러와서 눈물이 나서 혼났어요 걱정을 했어요.
하나 웃는 건 팬때 제가 울면 너무 걸 안되니
그냥 버티려고 웃어봐. 노래 사랑한다에 울어버려서 아직 그걸 다 깨어야하나
꼭 저만큼 걱정해서 참아 볼게 했네요. 그냥 오랜만에 보는 여러분들이
좋아서 저와 여러분들이 저만 이 사랑은 너무 깨버릴수나
웃을 수는 수 있는 건 하루 안에서 기쁨 큰 좋았잖어들
우리 건강하면 좋겠네요. 항상 멋있게 보이는 모습은 제 마음도 알아주세요!
2024년의 사랑을 여러분과 함께 할 수 있어 좋았슨
이 기쁨과 기쁨은 통해 항상 안녕은 멀리서 만난 수 있을 것 같어요
넘치도 사랑을 채웠으니 저도 여러분께 만큼의 사랑을 드릴 채워야만 같어요
진 진심로 아닌 나이 있어라는 말 꼭 꼭 안정되니
여만 덕분기 꿈을 꾸고 더 다양한 꿈을 꿨슨 것 같네어요.
꿈을 만들거리에어너 김하드리고 가다려줘서 고려워요.
추앙하나네!

2024. 01. 09

너를 위한 삼월

1판 1쇄 인쇄 | 2024. 2. 6.
1판 1쇄 발행 | 2024. 3. 3.

지은이 박서함

발행처 김영사 | **발행인** 박강휘
편집 손유리 | **본문 디자인** 이경희 | **마케팅** 이철주 | **홍보** 반재서 조은우
등록번호 제 406-2003-036호 | **등록일자** 1979. 5. 17.
주소 경기도 파주시 문발로 197 (우-10881)
전화 마케팅부 031-955-3100 | **편집부** 031-955-3113~20 | **팩스** 031-955-3111

ⓒ 2024 박서함
이 책의 저작권은 저자에게 있습니다.
저자와 출판사의 허락 없이 내용의 일부를 인용하거나 발췌하는 것을 금합니다.

값은 표지에 있습니다.
ISBN 978-89-349-3415-8 03810

좋은 독자가 좋은 책을 만듭니다. 김영사는 독자 여러분의 의견에 항상 귀 기울이고 있습니다.
전자우편 book@gimmyoung.com | 홈페이지 www.gimmyoungjr.com